KB060024

우리 사이엔 오해가 있다

우리 사이엔 오해가 있다

이슬아 × 남궁인

문학동네

차
례

프롤로그

남궁인 선생은 나랑 10분 넘게 이야기를 나눠준 유일한 의사다. 잊을 만하면 한 번씩 병원에 다니며 살아왔지만 어떤 의사와도 10분 이상 대화한 적 없다. 의사들은 늘 바쁘고 피곤하고 건조해 보인다. 온갖 사건 사고가 끊이지 않는 곳에서 일하니까 그럴 만도 하다고 짐작하지만, 사실 나는 병원을 잘 모른다. 그저 병원이 아주 복잡하고 바쁘다는 것만 안다. 남궁인 선생과의 10분 넘는 수다는 병원 밖이어서 가능했다. 병원 안이었다면 어림도 없는 얘기다. 그는 응급의학과 전문의다. 그것도 무려 코로나 시대의 응급실 의사다. 이 시절을 유독 특수하게 겪는 사람들 명단엔 그의 이름도 들어가 있을 것이다. 방역의 최전선인 일터에서 남궁인 선생은 일한다. 불이 꺼지지 않는 건물에서 친절을 잃지 않고 근무한다. 황혼에서 새벽까지.

내가 아는 남궁인은 주로 퇴근 후의 남궁인이다. 암막커튼을 치고 아침부터 점심까지 쓰러졌다 일어난 뒤 그는 많은 글을 쓴다. 너무하다 싶을 정도로 많이 쓰지만, 어쨌거나 그의 책들은 대부분 유익하다. 응급실과 의학과 삶과 죽음에 대해 내가 몰랐던 수많은 것들을 가르쳐준다. 의사라는 노동자를 이해하는 데도 커다란 도움을 준다. 물론 그는 수많은 의사 중 한 사람일 뿐이다. 남궁인이라는 사람의 고유성이 그 책들의 진짜 주제다. 그의 고유성은 좀 피곤하고도 흥미롭다. 모두가 그렇듯 그 역시 유일무이하다. 나는 유일무이한 남궁인과 함께 얼마간 편지를 주고받을 예정이다.

사실 그는 의사 업무를 제외한 수많은 일에 서툴고 무심하다. 노래와 춤, 미용과 쇼핑, 사랑과 이별, 유머와 해학 등 몇 가지 결정적인 일들에 취약하다. 환자에게 몸을 잘 아끼라고 잔소리한 뒤 돌아서서 막상 본인은 대충 지내기도 한다. 의사로서는 어떻게든 멀쩡히 일하지만 자연인으로서는 거친 생각과 불안한 눈빛을 지닌 존재다.

작가로서는 아주 왕성하다. 그렇게나 바쁜데 도대체 왜 이렇게까지 많이 쓰는지 나도 작가지만 잘 이해가 안 된다. 아마도 많이 읽어서일 거라고 예상해본다. 작가가 되지 않고는 못 배기게 만드는 책들을 그는 읽어왔을 것이다. 그러나 모르는 일이다. 나는 그를 안 지 얼마 되지 않았다.

하지만 그의 친절함에 대해서는 조금 안다. 나는 그의 전문성도 문학성도 아닌 친절함 때문에 이 서간문을 쓰기로 마음먹었다. 몹시 급박하고 절망적일 때조차도 그가 친절을 잃지 않았던 순간을 목격했기 때문이다. 친절한 사람들이 아프지 않은 세계에 살고 싶다. 그런 세계에서는 친절한 사람과도 좋은 싸움을 할 수 있을 것 같다. 잘싸운 뒤 만회한다면 우리는 새로운 우정에 진입할지도 모른다. 그러고 싶어서 편지를 쓴다. 의사와 작가 사이의 이야기가 10분이 훌쩍 넘게 이어질 것이다. 편지를 주고받는 동안 그의 방대하고 촘촘한 의학적 지성을 열심히 따라가보려 한다. 그러나 이 모든 배움은 부디 병원 바깥에서만 이루어졌으면 좋겠다. 응급실에서 그를 만날 일은 결코 일어나지 않기를 소망한다.

남궁인의 말

그와 저는 다릅니다. 연애할 때 흔히 "우린 서로 너무 달라"라고 하거나, 갤럭시와 아이폰이 얼마나 다른 스마트폰인지 비교하는 것과는 차원이 다릅니다. 그는 제게 몇백 광년 떨어진 행성에서 온 외계인과도 같습니다. 부연하자면 저는 치열한 학군에서 학창 시절을 보내고 스무 살에 의대에 입학해서 의대생과 인턴과 레지던트를 거쳐 전문의로 살아왔습니다. 그동안 부모님 말씀 잘 듣고 교수님 말씀 잘 듣고 과장님 말씀 잘 들으며 제 한 몸 보신해 왔습니다. 물론 그가 부모님 말씀 안 듣고…… 등등을 하며 살아오진 않았겠지만, 그는 제게 모든 규범을 거부하며 살아온 세계관의 슈퍼스타로 보였습니다.

게다가 그에겐 결정적으로 제가 범접하기 어려운 면이 있습니다. 그는 구린 걸 구리다고 매우 능숙하게 말하는 사람입니다. 저라고 구린 게 구린지 모르는 사람은 아니지만 늘 입 밖으로 내기에는 망설여졌습니다. 그러면서 혹여나 누군가 제 구림을 꾸짖을까봐 항상 전전긍긍하며 살았습니다. 저는 얼마나 저와 제 문장이 치열하게 구린지 알고 있는 사람이니까요. 그의 글에선 나이 많은 남성이 쓴 문장의 구림이나 행실의 어색함을 신랄하게 꾸짖는 대목이 자주 나옵니다. 저는 그때마다 실소하면서도 혹시 그 대상이 내가 되지 않을까 두려웠습니다. 갑자기 호흡이 가빠집니다. 아무리 생각해도 그 앞에 선 저는 꼼짝없이 유죄 판결을 받아들일 수밖에 없습니다.

다만 그와 저 사이엔 하나의 공통점이 있습니다. 오랜 시간 동안 누가 시키지 않아도 세상에 단 몇 명만 읽어줄 글을 써왔다는 것이지요. 누군가에겐 이 사실이 멋져 보일 수 있겠습니다만, 이 과정을 거친 사람이라면 익히 알 수 있습니다. 자신이 지질하고 부족하니 긴 시간을 쓸 수밖에 없었던 것을요. 우리는 참으로 절절하게 반성하고 자책하면서도 타인의 이해를 갈구하며 살아왔던 것입니다. 그러다 글이 세상 밖으로 나가면서, 다시 반성과 자책을 지나 풍파를 맞으며 내 이야기가 퍼져나가는 일을 생각합니다. 그리고 내면의 무엇인가를 소진해버렸을까 두려워하는 과정을 겪지요. 이것이 그와 저의 결정적인 공통점입니다. 한눈에 우리는 그 사실을 눈치챘습니다. 그리고 이렇게 선뜻 서신을 교환하게 되었습니다.

그의 꾸짖음을 달게 받을 작정으로 서간문을 시작합니다. 글이란 내가 얼마나 구린지 본격적으로 생각하면서도, 용기를 내 자모를 맞추고 문장을 만들어 자신을 변호하는 것입니다. 벌써부터 저는 그의 앞에 서면 어떤 방어도 무용한 죄인이 된 기분이 듭니다. 그럼에도 저는 제 존재를 긍정하거나 부인하면서 공통점에 기뻐하거나 슈퍼스타란 무엇인지 궁리하며 답장을 써나가겠지요. 우리는 꾸짖고 이해하고 용서하고 털어놓고 안아주면서 평생 해오던 쓰기를 연장할 것입니다. 문득 우리가 시작하려는 글쓰기의 요소가 인생과 닮아 있다는 생각이 듭니다. 그래서 편지가 끝나면 제 인생도 조금 '이슬아적的'이 되지 않을까 생각해봅니다. 왠지, 두렵지 않은 기분입니다. 마지막 마침표가 찍히면 분명 저는 조금 더 나은 사람이 되어 있을 것 같으니까요.

이
슬
아

×

멋리고 걸그러운 남궁인 선생님께

×

남
궁
인

선생님을 떠올릴 때마다 약간 울렁거립니다. 멀미하는 것처럼요. 처음 만난 장소가 배라서 그렇겠죠. 좌우로 기우뚱거리는 선내 복도 맞은편에서 비틀비틀 걸어오던 선생님의 모습이 생각나네요. 선생님도 저도 속수무책으로 휘청거렸는데요. 저는 뱃멀미 때문이었고 선생님은 간밤의 숙취 때문이었을 겁니다. 우리가 밟고 선 바닥이 파도와 함께 들썩이는 와중에 선생님께서 안부를 물으셨습니다. 아무래도 방광염이 도진 것 같다고 제가 대답했습니다. 그랬더니 배 안에서 구할 수 있는 항생제를 알아봐주셨죠. 덕분에 일주일간 배에서 크게 아프지 않을 수 있었습니다. 어쩌다 한배를 탔던 그 여행을 회상하면 머릿속에 바닷물이 출렁거리고 선생님의 얼굴도 둥실거립니다.

처음 만나기 전에는 약간 긴장했습니다. 선생님이 너무 잘생겼을까봐요. 페이스북에서 본 프로필 사진 때문이었습니다. 의사인데 너무 잘생겼다니. 게다가 작가라니. 셋 중 하나만 하기도 힘든데 이 사람은 뭔가 싶었습니다. 배에 타면서 실제로 뵙게 된 선생님의 용안은 물론 미남이었으나, 그렇다고 너무 미남까지는 아니었습니다. 너무 잘생긴 여자나 남자를 만나면 저는 웃어야 할 때 웃지 못하고 웃지 말아야 할 때 웃음이 터져버려서 일을 그르

멋지고 징그러운 남궁인 선생님께

치고 맙니다. 다행히 선생님은 적당한 미남이었고 우리는
별 탈 없이 대화를 시작했지요. 선생님 앞에서는 아픈 얘
기를 편하게 꺼낼 수 있었습니다. 저보다 아픈 이들을 숱
하게 만나보셨을 테니까요. 월수입과 세금 얘기 또한 편
하게 꺼냈습니다. 저보다 많은 돈을 벌고 내보셨을 테니
까요. 책 얘기도 마찬가지였어요. 저보다 많이 읽으셨을
게 분명해서 신나게 이 책 저 책 얘기를 주거니 받거니 했
습니다.

　　하지만 우리가 쓰는 글에 관해서는 말을 아끼게 되었
습니다. 선생님의 책과 제 책은 여러모로 다르지만 어쨌
거나 같은 에세이 매대에 진열되어 있잖아요. 동종업계인
만큼 조심스럽고 따뜻한 응원만 건네는 게 좋을 것 같았
어요. 하지만 저는 사실 거의 모든 에세이집에서 약간의
징그러움을 느낍니다. 자기 얘기를 다듬고 가공해서 에세
이집으로 완성하는 과정에는 좀 징그러운 구석이 있다고
생각합니다. 자기가 자기를 교묘하게 포장하는 작업이 필
연적으로 그렇죠. 제가 맨날 하는 일도 마찬가지입니다.
자기 변호와 자기 복제와 자아 대잔치를 초월하는 글을
쓰고 싶지만 실패하는 날이 대부분이고요. 징그러운 나와
징그러운 내 문장을 견디며 계속 쓰다보면 멋진 글과 징
그러운 글이 섞인 책이 완성되던데요. 선생님의 책도 그

런 점에서 멋지고 징그럽습니다.

올해 초에 출간하신 에세이집 『제법 안온한 날들』에 제가 추천사를 썼지요. 다시 읽어보니 그 추천사는 좀 징그럽네요. 다음에 맡겨주신다면 더 잘 써볼 텐데요. 그 책에는 선생님의 작품 세계 중 제가 가장 좋아하는 글이 수록되어 있습니다. 저는 그 글을 다시 읽을 때마다 눈물이 나요. 울면서도 가슴에 사랑이 차오르는 놀라운 글입니다.

동시에, 선생님의 작품 세계 중 제가 가장 느끼해하는 글도 그 책에 수록되어 있습니다. 그 글의 초고를 배에서 미리 보여주셨을 때 선생님이 제게 물었죠. "느끼한가요?" 하지만 저는 곧바로 "아뇨. 괜찮은데요"라고 대답하고 말았습니다. 거짓말해서 죄송합니다. 이게 다 저희 외할머니랑 엄마 때문입니다. 그들은 친절과 위로가 습관이 된 이들이라 입바른 소리를 잘 못하거든요. 대대손손 상냥한 집안에서 자란 탓에 저 역시 칭찬만 잘하는 사람이 되었습니다. 매년 새해 다짐으로 빈말을 줄이자고 거듭 결심해봐도 잘 안 돼요. 선생님과 더 좋은 우정을 쌓아가고 싶으니까 지금이라도 힘주어 정정해보겠습니다.

저는 선생님이 쓰는 사랑편지가 느끼합니다!

휴, 적고 나니 진땀이 나는군요. 이 정도 피드백으로는 동공에 미동도 없으실 테지만 저로선 커다란 한 걸음이었습니다. 선생님을 떠올릴 때마다 느껴지는 울렁거림은 멀미 때문이 아니라 느끼함 때문일 수도 있다고 생각하는 요즘입니다. 그런데 이상합니다. 선생님을 실제로 만나 이야기를 나누면 전혀 느끼하지 않거든요. 너무나 소탈하고 담백해서 이 사람과 몇 시간이고 걸으며 이야기를 나누고 싶다는 마음이 듭니다. 의사로서 쓰는 글도 느끼하지 않습니다. 깔끔하고 믿음직스럽고 탁월한 글들이지요. 남궁인이라는 훌륭한 의사 작가의 등장에 의료계와 출판계 모두 환호성을 질러야 한다고 생각합니다. 후대의 사람들은 남궁인 선생님을 21세기의 안톤 체호프라고 부를지도 모릅니다.

하지만 선생님의 사랑편지는 느끼합니다. 수신자 말고 발신자만 선명한 편지라서 그런 것 같습니다. 사랑하는 대상 말고 사랑하는 나에게 심취한 문장으로 느껴집니다. 자신을 의식하는 걸 까먹어버릴 정도로 사랑하게 된 이가 선생님께 없었을 리 없습니다. 어쩌면 선생님께서 문장으로 부리는 여러 재주가 그 사랑을 가리는 게 아닐는지요. 다 의도한 것일 수도 있겠죠. 모든 독자가 자신을 이입할 수 있도록 일부러 수신자의 형상을 흐리게 처리하셨을 수도 있고요. 하지만 그런 편지는 과녁 없는 활쏘기 아닙니까. 또는 화려한 깃털을 매단 채 어디에도 명중하지 않는 화살 아닙니까. 문장을 잘 쓸수록 독자뿐 아니라 자기 자신도 속이기 쉬워집니다. 실제로 만난 남궁인이 순두부찌개적인 반면 글 속의 남궁인이 까르보나라적인 것도 그래서일 거예요. 선생님의 책을 읽으며 저는 어김없이 소량의 징그러움을 느낍니다.

하지만 아이러니하게도 그 느끼한 사랑편지에는 선생님이 쓰신 것 중 제가 가장 좋아하는 한 문장이 포함되어 있습니다. "두려움과 두려움을 이길 수 있는 힘을 동시에 주는 당신"이라고 쓰셨죠. 느끼한 와중에 이 문장이 보석 같았습니다. 제게는 선생님이 바로 그런 상대입니다. 이 편지를 읽고 선생님이 저랑 절교할까봐 두렵습니다. 하지만 만약 답장을 주신다면 그때부터 우리는 더 좋은 우정의 세계에 진입할 것입니다. 그 가능성은 두려움을 이길 수 있는 힘을 줍니다. 수신자가 확실한 서간문에서는 선생님이 어떤 발신자가 되실지, 아련하고 두루뭉술한 로맨스의 언어로 처리할 수 없는 편지를 과연 어떻게 완성하실지 몹시 궁금합니다.

그건 그렇고 우리 사이에 오해가 있는 것 같습니다.

멋지고 징그러운 남궁인 선생님께

선생님이 최근 카톡으로 보여주신 원고 있잖아요. '나의 진정한 친구 뿌팟퐁 그는 누구인가'라는 제목의 글 말입니다. 그 글 물론 웃겼습니다. 웃기려고 작정하고 쓴 글 같았고요. 하지만 엄청 웃기지는 않았습니다. 제가 키읔을 남발하며 답장했지만 그건 글이 웃겨서라기보다는 선생님이 첨부한 과거 레게머리 시절 사진이 웃겨서였죠. 글만 보면 피식하고 웃음이 날 정도였고 그간 써오신 명작에 비해 가볍고 유치한 글이라고 생각했습니다. 그때 선생님은 이런 카톡을 보내셨어요.

"이슬아처럼 쓰자, 하고 쓴 거예요."

저는 그때 책상을 주먹으로 내리치며 2000년대 초 드라마 대사 같은 것을 외쳤죠.

"나다운 게 뭔데!"

경력이 쌓일수록 제 글에 대한 평가에 일희일비하는 일이 점점 줄어들었지만 이 경우는 얘기가 다릅니다. 이슬아처럼 쓰자고 다짐하고 쓴 글이 이렇게 낮은 퀄리티라면 도대체 선생님은 그동안 제 글을 어떻게 평가해오신 거죠? 사실은 제 책 안 읽으신 거 아닙니까? 차라리 그렇다고 믿고 싶습니다.

선생님, 〈쇼미더머니〉를 보신 적이 있나요. 저는 랩을 못하지만 프리스타일 랩 배틀은 즐겨봤습니다. 긴 준비도 없이 촌철살인의 랩을 더듬지도 않고 선보이다니 너무 대단하잖아요. 래퍼들은 대단한 펀치 라인을 내뱉고 나면 가끔 마이크를 바닥에 꽝 하고 떨어뜨립니다. 어디 한번 대답해보시지! 하는 포즈로 꽝…… 마이크 드롭. 일종의 기선제압이죠. 사람들이 환호 혹은 야유를 던지는 동안 맞은편 상대는 허리를 숙여 마이크를 주워들고 자신의 프리스타일을 시작해야 하는데요. 선제공격을 받은 뒤라 이미 살짝 스타일이 구겨진 뒤입니다. 제가 먼저 편지를 시작한 것은 그래서죠. 펀치 같은 편지, 즉 선빵을 날리지 않으면 친절하고 다정스런 선생님의 페이스에 말려서 제가 거짓으로 아름다운 편지 시리즈를 쓰게 될지도 모르니까요.

그럼 활시위를 당겨보세요. 과녁은 저입니다. 닷새 안에 답장이 없으면 절교하자는 뜻인 줄로 알겠습니다. 그렇게 되더라도 제가 순두부찌개적일 때의 선생님을 너무나 좋아했다는 점만은 부디 잊지 말아주십시오.

2020년 6월 5일
마이크를 꽝 하고 떨어뜨리며
멋지고 징그러운 이슬아 드림

남
궁
인

✕

여러모로 징그러운 이슬아 작가님께

✕

이
슬
아

작가님의 편지를 응급실에서 처음 읽었습니다. 가슴이 쿵쾅거렸고 호흡이 가빠왔습니다. 그 편지에는 "동공에 미동도 없으실 테지만"이라고 적혀 있었지만, 제 눈동자는 흡사 월미도 디스코팡팡처럼 돌고 있었습니다. 의학용어로 안구진탕이라고 합니다. 혹자가 그 모습을 보았다면 응급실 담당 교수가 갑자기 양성자세현훈良性姿勢眩暈, BPPV*을 맞았거나, 기저질환인 범불안장애가 도졌는지 충분히 의심해볼 상태였습니다.

환자랑 대화하면서도 생각했습니다. 밤을 새우고 운전해 집에 오면서도 생각했습니다. 대단히 유효한 공격이다. 아무리 생각해도 대단히 유효한 공격이다. 어쩌면 이렇게 영리할 수 있지. 마치 용사가 공주를 구하러 탑에 올라가는데, 굳이 아래층 조무래기랑은 대면하지 않고 곧장 옥탑방 마왕과 독대해서 코털을 탁 하고 뽑아주는 공격이다, 따위의 생각을 했습니다. 그리고 저도 모르게 운전대를 쾅 치면서 속으로 또다른 2000년대 대사를 읊조리게 되었지요.

---

* 내이의 반고리관에 발생한 이석으로 인해 어지럼증을 유발하는 병. 안구가 특정 방향으로 진동하는 증상이 있다.

"나도 모르는 나를, 니가 어떻게 알아?"

갑자기 경어가 사라졌다고 놀라지 마세요. 사실 이건 징그러움의 표현입니다. 모두가 '나도 모르는 나'를 언급하지만 뻔히 나를 알지 않습니까. 그 사실을 상대방에게 간파당했을 때의 부끄러움입니다. 시작도 하기 전에 저는 부처님 손바닥 위에 올라가 있더군요. 저는 옛날 인터넷에 유행하던 호신술 짤을 떠올렸습니다. 한 남자가 '급소를 맞았을 때' 대처법을 알려줍니다. 그는 고작, 무릎을 꿇고 양손으로 급소를 붙든 채 비장한 표정을 지으며 '큰소리로 상대방의 비겁함을 꾸짖'습니다. 저는 막상 전혀 '호신'하고 있지 않은 남자의 못생긴 표정을 떠올렸습니다. 그 남자처럼 항변하고 싶은 생각이 굴뚝같았으니까요.

네, 이 편지의 서설은 난잡합니다. 근본적으로 구상을 간파당했기 때문입니다. 저는 그러니까, 시종일관 '까르보나라'를 쓰려고 했습니다. 전기세 낼 돈 부족한 것도 아닌데 괜히 온 방에 불을 꺼놓고, 냉수를 한 잔 떠놓은 채 "작가님, 저는 좁은 방에서 빛을 몰아내고 찬물에 의지해 글을 쓰기 시작합니다"로 말문을 열려고 했단 말입니다. (방금 문장을 쓰고 나니 그렇게 하지 않기를 참 잘했다는 생각이 들긴 합니다.) 과녁이 있지만 애써 무시하는 듯한 뻔뻔하고 의뭉스러운 문장을 선보이는 게 제 의도였습니다. 하지만 작가님이 보낸 편지의 요는 이런 것이었습니다. 나는 지금 당신의 구상대로 "좁은 방에서 빛을 몰아내고……"를 보는 순간 낯선 사람에게 손목이라도 잡힌 것처럼 큰소리로 선생님의 비열함을 꾸짖을 것입니다. 제발 그 수신자가 내가 되게 하지 마세요. 사실 작가님은 『제법 안온한 날들』의 수신자 없는 세 통의 편지를 보고 미리 불길함을 느낀 것이지요. 그리고 마이크를 쿵 던지듯 선빵을 날린 것입니다. 징그럽게 영리했습니다.

조짐은 있었습니다. 저는 친절과 위로가 습관이 안 되어 있는 부모님 밑에서 자랐습니다. 더 정확히 말하자면 사실만 말하는 엄마와 사실도 무시하는 아빠 밑에서 자랐습니다. 유독 칭찬을 못 듣고 자란 아이는 눈치가 빠른 법입니다. 또한 기억은 왜곡됩니다. 배에서 초고를 미리 보였을 때 작가님의 대사는 정확히 "안 느끼하다고 말할 수 없지만, 괜찮은데요"였습니다. 저는 즉시 속으로 외쳤습니다. '제길. 당장 김치라도 주워먹고 싶은 지경이군. 큰일났다.' 저는 집에 돌아와 빛을 몰아내고 냉수를 뜬 다음, 그 편지에서 느끼한 부분을 모조리 지우거나 수

정했습니다. 당시 읽었던 편지는 작가님 덕분에 크게 달라졌습니다. 몰랐겠지요? 하지만 저도 당시 작가님이 구체적인 음식까지 떠올렸고, 훗날 죄목이 낱낱이 적힌 편지를 받을 줄은 미처 몰랐습니다.

작가님을 과소평가했음을 인정합니다. 사실 저는 작가님의 글을 잘 알고 있었습니다. 〈일간 이슬아〉 초반 SNS에 돌아다니는 포스터를 보면서, 아량을 베풀듯 구독하고 싶었습니다. 솔직히 "나 〈일간 이슬아〉 초반에 구독한 사람이야" 뽐내고 싶었습니다. 저는 그 포스터의 주인공을 제 맘대로 '조선 힙스터'라고 불렀습니다. 과거에서 날아온 듯 촌스럽지만 당당해서 왠지 많이 멋있는 모습이었습니다. 글을 받아보고는 또 많이 놀랐습니다. 솔직함은 글의 매력이지만, 솔직하기만 한 글은 어딘가 폭력적입니다. 글에는 까닭 있는 솔직함이 있어야 한다고 믿습니다. 작가님의 글은 매번 어처구니없이 솔직했지만, 갑자기 독자를 어디론가 이끌더니 평양냉면처럼 슴슴한 미지의 포인트를 짚어내며 끝났습니다. 마지막 단락을 읽고 "아, 잘 쓰잖아"라고 인정할 수밖에 없는, 그건 재능입니다. 누구나 솔직하고 싶지만, 누구나 재능이 있는 것은 아닙니다. 저는 한마디로 단언할 수 없는 재능을 보앉습니다.

　그래서 처음 작가님과 배에서 만나기로 했을 때 걱정되는 것이 있었습니다. 언급한 대로 저는 세상 모든 힙한 것에 멀미가 나는 순두부찌개입니다. 해방촌 한복판에 살면서도, 맥주병을 든 온갖 힙스터들만 보면 아찔해져 얼른 계란과 콩나물을 사들고 와서 고전문학을 펼쳐드는 종류의 사람입니다. 그래서 일반 힙스터도 아닌 '조선 힙스터'는 당초에 얼마나 힙할까 걱정이었습니다. 가뜩이나 흔들리는 배에서 멀미가 나지 않을까 하고요. 하지만 작가님의 편지대로 우리는 방광염이나 월수입이나 세금 따위를 털어놓으며 편해지는 사이일 뿐이었습니다. 그럼에도 글쓰기의 재능이란 상대방을 카펫 털듯 털어보는 재능이기도 하다는 것을 왜 미처 파악하지 못했을까요. 과소평가도 있었지만, 부지불식간에 저는 '멋짐'을 기대했지 '징그러움'을 예견하지 못했기 때문입니다. 제 불찰입니다.

　절교를 운운했지만 사실 작가님을 조금도 미워할 수 없습니다. 모든 것을 이미 알고 있었기 때문이죠. 부끄러움에 가슴이 쿵쾅거렸던 것도 그런 사실에 기인합니다. 저는 사람들이 남기는 악플을 몰래 찾아다니는 유형의 작가입니다. 『제법 안온한 날들』을 출간하고 저는 목마른 사람처럼 부정적인 평가를 찾아다녔습니다. 초반부 사랑 이야기는 별 감흥이 없었고, 편지는 왜 썼는지 모르겠으며, 병원 이야기만은 그럭저럭 볼만했다는 평이 널려 있었습니다. 기실 보통 독자들에게 저는 '병원 이야기 쓰는, 왜인지 모르지만 프로필 사진에서 항상 옆을 보고 있는 의사 선생님 1'일 것입니다.

저는 지겨웠습니다. '깔끔하고 탁월하고 믿음직스러운 글을 쓰는 의사 작가'가 진부했습니다. 사실 의사인 화자가 응급실에서 환자를 마주하는 글이야말로 제가 가장 능숙하게 쓸 수 있는 분야입니다. 하지만 그 글에 저는 매너리즘을 느꼈습니다. '평생 응급실 타령만 하던 작가'가 될까봐 두려웠습니다. 그리고 이번에 저는 화자를 사랑하고 이별도 하고 일상생활도 하게 했습니다. 저라는 '사람'에겐 도통 관심 없었던 사람들의 '이런 건 안 궁금하다'는 평가에 지쳐 있었습니다. 그중 연애와 관련된 글은 참으로 옛날에 쓴 것이었습니다. 그 친구는 연애도 응급실에서 환자 보듯이 합니다. 바꾸어 말하면, 절망적인 사랑에 빠진 나와 표현하고자 하는 내가 공존하는 글이라는 거죠. 그 글을 부끄럽지만 버릴 수 없었습니다. 한 젊음을 짚고 넘어가는 의미에서 지금이라도 출간해야 한다고, 서른

여덟의 제가 컨펌했습니다. 그 와중에 작가님이 또 한번 제 눈알이 빠질 것처럼 뒤통수를 딱 쳐주셨습니다. "정신 차려!"라고요. 맞아요. 저는 저라서 제 일부를 떼놓을 수가 없었던 것이지요. 글은 숙주를 현혹시키는 것입니다. 그런데 「나의 진정한 친구 뿌팟퐁 그는 누구인가」는 페이스북에서 따봉이 1200개에 댓글이 100개를 넘겼단 말…… 아닙니다. 인정하기로 하지 않았습니까.

'월미도 디스코팡팡'으로 시작하는 엉망진창인 글을 쓰다보니, 글쓰기란 늘 누군가에게 간파당하고 어딘가에서 나를 지켜보고 따라다니면서 죄책감도 남겨주는 신기한 것이라는 생각이 듭니다. 이렇게 털어놓고 나면 왜 쓰는지 의문이 들지만, 쓰지 않았다면 작가님에게 이렇게 무엇인가를 털어놓는 일도 없겠지요. 우리는 글을 주고받기로 했습니다. 어쩔 수 없이 글로 이루어지는 무궁한 세계를 상상합니다. "두려움과 두려움을 이길 수 있는 힘을 동시에 주는 당신"은 솔직히 제가 자신에게 가장 많이 취했을 때 쓴 문장입니다. 자신의 본질을 꿰뚫어보다가 갑자기, 불현듯, 우리에게는 무엇인가 탄생합니다. 매번 끊임없이 느끼한 문장을 낳을지라도 탐구를 멈출 수가 없는 것입니다. 글쓰기라는 세계에서 우리는 기꺼이 속아버리는 존재이기도 하니까요.

　문득 남을 생각하다가 자신을 돌아보는 것이 서간문의 본질임을 직면합니다. 작가님은 적어도 '나를 생각해주는 사람'입니다. 응급실에서 안구진탕에 시달리던 새벽 "나를 생각해주어 고맙습니다"라고 보낸 것은 그 까닭입니다. 저 또한 징그럽게 남을 간파하고 징그럽게 많이 쓰는 조선 힙스터를 생각합니다. 그때마다 우리가 나눌 무궁한 이야기가 떠오릅니다. 그리고 마지막 단락에서의 무궁한 "아, 잘 쓰잖아"를 희망해봅니다. 역시 약간 이슬아적으로요.

　쓰다보니 밤이 되었고 방에는 불을 켜지 않았습니다. 아무래도 냉수를 떠와야겠습니다.

2020년 6월 10일
사방으로 진동하는 안구를 붙잡으며
남궁인 드림

문득 남을 생각하다가 자신을 돌아보는 것이

서간문의 본질임을 직면합니다.

작가님은 적어도 '나를 생각해주는 사람'입니다.

응급실에서 안구진탕에 시달리던 새벽

"나를 생각해주어 고맙습니다"라고 보낸 것은

그 까닭입니다.

이
슬
아

×

느끼하지만 고마운 남궁인 선생님께

×

남
궁
인

어느 양복 화보에서 남궁인 선생님을 봤습니다. 화보 속 선생님은 역시나 옆을 보고 계시더군요. 이번 옆모습에는 부티가 흐른다는 점이 달랐지만 말입니다. 화보 속 선생님은 꼭 좋은 시계를 차고 좋은 차를 몰고 비싼 레스토랑에 다니고 자기 손으로 할 줄 아는 요리라곤 오일파스타밖에 없는 사람처럼 보였습니다. 가지나 호박이나 버섯도 없이 편마늘만 겨우 몇 개 넣은 인색한 파스타 말이에요. 또는 창업을 했다가 망한 사람, 그래도 큰 타격이 없을 정도로 집에 돈이 많은 사람처럼 보이기도 했습니다. 이것이 좋은 정장의 효과라면 정장의 세계란 참으로 놀라운 것 같습니다.

사실 남궁인 선생님의 평소 옷차림은 매우 수수하죠. 저에게 선생님은 평범한 티셔츠에 평범한 바지를 입은 사람으로 남아 있습니다. 옥상 텃밭에서 키운 깻잎으로 김치를 담그고 집밥을 살뜰히 해 드시는 것도 알고 있어요. 시계를 차고 계셨는지는 기억이 나지 않습니다. 좋은 것을 차셨더라도 제가 알아보지 못했을 것입니다. 차도 마찬가지고요. 명품 옷을 입은 채 외제차에서 내리는 사람을 보면 큽 하고 웃음이 납니다. 낯간지러워서겠죠. 물론 돈을 많이 준다면 저도 정장 화보나 차 광고를 찍을 의향이 있습니다. 그런데 저에게 들어오는 광고는 어쩐지 피임약, 유기농 생리대, 찌찌 브라, 사각팬티, 동물 실험 안한 화장품 같은 종류입니다. 모두 의미 있고 소중한 제품들이지만 뭐랄까 너무 전형적인 비건-에코-페미니스트로 보여질 것 같아 도망치고 있습니다. 이미지 쇄신을 위해 분발하려 합니다. 언젠가 선생님처럼 부유해 보이는 광고를 찍을 수 있도록요. 한편 의사 가운을 입은 유능한 선생님은 다행히 아직 만나보지 못했습니다. 앞으로도 만나지 않기 위해 건강을 관리하며 지내겠습니다.

보내주신 답장은 잘 받았습니다. 저의 선제공격을 다음과 같이 요약하셨더군요. "정신 차려!" 정확히 알아들어주셔서 고맙습니다. 덕분에 제가 선생님께 하고 싶었던 말을 네 글자(정신 차려)로 줄일 수 있게 되었습니다. 하지만 오해는 마십시오. 제가 치는 뒤통수는 간혹 느끼한 사랑 얘기를 쓰는 작가 남궁인의 뒤통수일 뿐, 의사 남궁인의 뒤통수는 결코 아닙니다.

거의 석 달 만에 답장을 쓰네요. 바빴습니다. 수십 번의 원고 마감과 강연과 행사와 인터뷰와 온라인 수업을 마치고 나니 어느새 여름이 끝났어요. 하지만 이것은 번데기 앞에서 주름 잡는 격이겠죠. 선생님은 무려 코로나 시대의 응급실 의사니까요. 심지어 최근에는 의사들이 집

단 휴진중인 병원에서 당직을 서는 응급실 의사가 되셨지
요. 선생님을 비롯한 병원의 모든 노동자분들이 긴장하며
고생하고 계실 듯합니다. 과로로 몸과 마음이 축나실 것
같아 걱정입니다. 길어지는 코로나 사태 속에서 '몸을 갈
아넣어서 일하고 있다'라고 쓰신 게 잊히지 않네요.

　눈코 뜰 새 없이 바쁘셨을 와중에 제 전화도 받아주
셔서 감사했습니다. 덕분에 저희 아빠 웅이님의 증상은
호전되었어요. 담낭에 돌이 있고 림프샘이 부어 있었다고
해요. 직접 치료해주신 것은 아니지만 증상을 들어주시고
"상당히 아프셨을 거예요"라고 말씀해주신 것만으로도
큰 도움이 되었습니다. 실제로 만났다면 아마도 선생님은
팔자 눈썹을 하고 저희 아빠 이야기를 들어주셨겠죠. 의
사의 숙명 중 하나는 '알아주기'인 것 같다고 새삼 생각했
습니다. 어디가 어떻게 아픈지뿐 아니라 얼마만큼 아픈지
알아주면서 신속하고 정확하게 할 일을 하며 지내시겠지
요. 생이 길어질수록 이해할 수 있는 고통의 가짓수가 늘
어간다고 선생님은 말씀하셨어요. 세상 누구라도 그 이해
력은 세월과 함께 깊어지고 넓어지겠지만 의사가 직업인
사람이라면 특히 더 그럴 것 같습니다. 힘드시더라도 가
끔 문학계 주치의로서 전화를 받아주시길 소망하고 있습
니다.

제 몸은 대체로 건강합니다. 유병장수有病長壽형 인간이 아닐까 싶습니다. 체력이 약하고 탈이 잘 난다는 것을 일찌감치 깨달은 뒤 조심조심 살아가는 젊은이. 그게 바로 접니다. 아프지 않으려고 꾸준히 운동해왔습니다. 장시간 같은 자세로 앉아 있는 집필 노동의 특성상 운동을 안 하면 몸이 고장나기 마련이니까요. 하지만 폐소공포증이 나날이 심해지는 것 같습니다. 혹시 좋은 정신과 의사를 알고 계시다면 소개해주세요. 예전에는 엘리베이터나 공중화장실에서만 힘들었는데, 요즘엔 그보다 넓은 공간인 버스나 지하철이나 계단실에서도 상태가 급속도로 나빠집니다. 약을 처방받는 게 좋은지는 잘 모르겠어요. 항불안제를 복용해보았는데 너무 졸리고 늘어져서 글을 쓸 수가 없었거든요. 오히려 다른 커다란 충격 혹은 다른 깨달음이 있어야 한다는 느낌이 듭니다. 폐소공포증도 누울 자리를 보고 다리를 뻗을 거 아니에요. 제 몸과 마음이 여유가 있으니까 이러지 않나 싶어요. 그러니까, 무서워할 여유요.

유독 바보 같아지고 약해지는 부분이 누구에게나 있을 것입니다. 선생님은 불안에 취약하신 편일까요? 범불안장애가 기저질환이라는 말씀을 듣고 조금 놀랐습니다. 불안한 상황에 이골이 나서 마음이 일면 무뎌진 분일 거라고 짐작했거든요. 이 추측은 맞기도 하고 틀리기도 하겠지요. 온갖 사고와 죽음을 보아도 무뎌지지 않는 마음이 있을 텐데요. 그래서 퇴근 후에 글을 쓰시는 것일지도 모르겠다고 추측해봅니다. 새살처럼 약한 마음 때문에 시작된 글들이 있을 거라고.

저는 공포영화를 전혀 보지 못합니다. 잔인한 것은 물론이고 약간의 서스펜스조차 버겁습니다. 누군가가 쫓기거나 다치거나 죽는 장면이 나오면 고개를 숙여버립니다. 그래서인지 응급실에서 일하는 제 모습은 상상조차 안 됩니다. 감정 기복도 적고 우울하지도 않고 화도 없는데 겁은 많습니다. 500명 앞에서 말하는 건 무섭지 않아요. 일간 연재의 압박도 그럭저럭 괜찮고요. 하지만 엘리베이터를 혼자 탈 때면 물에 빠진 것처럼 숨이 안 쉬어지고 무섭습니다. 그건 이성을 잃어버릴 정도의 공포감이지요. 우선 최대한 계단을 이용하며 살아가고 있는데요. 실체가 없는 공포에 이렇게까지 사로잡히는 게 이상합니다. 선생님의 정신에도 그런 부분이 있는지, 있다면 어떻게 다루고 계시는지 궁금합니다.

양복 입은 모습이 멋지고 웃기다고 말하려던 것뿐인데 딴 얘기가 길었습니다. 선생님이 보내주신 다정스러운 답장 때문입니다. 문득 남을 생각하다가 자신을 돌아보는 것이 서간문의 본질이라고 하셨죠. 무섭고 위급하고 바쁘고 고통스러운 일터에서 근무하고 계실 선생님을 생각하다가, 아주 작은 공포에도 걸려 넘어지는 저를 생각했습니다.

달라지고 싶어서인 것 같습니다. 지금보다 담대한 사람이 되고 싶어요.

선생님이 쓰신 것 중 "두려움과 두려움을 이길 힘을 동시에 주는 당신"이라는 문장을 가장 좋아한다고 제가 말씀드렸는데요. 선생님의 답장을 읽고 다음과 같은 문장을 바치고 싶었습니다.

"느끼함과 느끼함을 이겨낼 힘을 동시에 주는 당신"

저에게 선생님은 바로 그런 사람입니다. 편의상 그 힘을 느끼느끼력이라고 줄여 부르겠습니다. 느끼느끼력뿐 아니라 공포공포력도 배우고 싶습니다. 세상의 온갖 무서움을 이기는, 무서울 만큼 강한 내면의 힘을 상상합니다.

선생님이라면 그 힘에 관해 조금이라도 알고 계실 거라고 생각합니다.

2020년 9월 1일

힘을 탐구하는

이슬아 드림

느끼하지만 고마운 남궁인 선생님께

남
궁
인

)

×

|

힘쎈 이슬아 작가님께

|

×

이
슬
아

(

우선 편지를 다 읽고 나서 제 머릿속을 떠나지 않던 것은 한 사람의 시각화된 모습이었습니다. '좋은 시계를 차고 좋은 차를 몰고 비싼 레스토랑에 다니고 자기 손으로 할 줄 아는 요리라곤 오일파스타밖에 없는 사람'이자 '창업을 했다가 망했지만, 큰 타격이 없을 정도로 집에 돈이 많은 (것처럼 보이는) 사람'이라니요. 이런 사람을 만나보셨나요? 저는 인생에서 이런 사람을 정말 많이 보았습니다. 지금도 어디엔가 제 지인으로 남아 있을 수도 있겠네요. 왠지 작가님도 이런 분을 인생에서 몇 차례 만났을 것 같습니다. 한여름에 겨울 정장을 입고 카메라 앞에서 괜히 오만상을 짓는 남자는 그렇게 보이기도 하겠지요.

아시다시피 저는 그런 스테레오타입과 정반대임을 입증하기 위해 천 일 동안 이야기를 들려줄 수 있는 사람입니다. 텃밭에서 키운 깻잎으로 김치를 담가 먹는 것까지 가지 않아도 좋습니다. 저는 태어나서 명품이란 것을 단 하나도 사본 적이 없습니다. 선물까지 포함해서요. 당연히 입거나 쓰거나 들어본 적도 없습니다. 차는 한 대를 산 적이 있습니다. 올해로 10년째 타고 있는 국산 중형차입니다. 시계는 9년 전에 중고나라에서 산, 대학생이 주로 차는 브랜드의 시계를 최근까지 차고 다녔습니다. 올 초 외국에 촬영을 가기 위해 남대문시장에서 시간만 정확히 알려주는 만오천 원짜리 시계를 샀는데, 최근에는 그 시계를 찹니다. 그 외 당연히 집을 사본 일도 없고 빚을 내본 적도 없으며 주식도, 채권도, 펀드도 사본 적이 없습니다. 아, 마권은 학생 때 경마공원 데이트 가서 한 번 사봤습니다. 금세 휴지가 된 마권을 허공에 날리며 앞으로 '권'으로 끝나는 존재는 안 사야겠다고 생각했던 것 같습니다. 제 월급통장이야말로 가장 평온하고 느긋하게 다리를 뻗고 있는 친구일 겁니다. 주인이 그에게 별생각이 없으니까요. 대신 친구가 놀러와 옷장에서 쏟아지는 오백 원짜리 양말에 놀라거나, 병원에서 바느질을 배워 집에서 옷을 기워 입거나, 상한 식혜를 버리지 못하고 입에 털어넣는 사람이 저입니다. 아 참, 오일파스타를 만들려면 얼른 집에 있는 냉장고부터 뒤져야 합니다. 재작년부터 잠들어 있는 냉동 해물모둠이라도 털어넣을 기회니까요.

천성이 비싼 것에 관심이 없었습니다. 오히려 제게는 스트레스였지요. 그래서 저는 『제법 안온한 날들』의 편지글에 이렇게 썼습니다.

"가끔 좋은 차나 비싼 물건을 봐요. 그리고 그것들이 내 소유가 되는 일을 상상하곤, 깊은 마음속으로부터 몸서리쳐요. 물질적인 것은 나를 즉시 파괴해버릴 것 같아요. 그런 방식으로 나를 다른 사람에게 보여야 한다면, 나는 얼마나 보잘것없는 사람이 되는 것일까요. 만약 그것들이 내 소유가 된다면 나는 두려워 한시도 견딜 수가 없을 것 같아요."

추천사를 쓰느라 제 책을 몇 번쯤은 읽었을 작가님은 이 문단을 본 적이 없을 것입니다. 그렇습니다. 편집자님은 미리 이 문단을 통으로 삭제했습니다. '물질적인 것을 싫어하는 건 알겠지만, 그걸 문장으로 옮기는 일은 느끼합니다'라고 말씀해주시는 것이었을까요. 제 느끼느끼력을 파악한 사람은 작가님을 포함해 이미 세상에 한둘이 아닙니다. 그래서 이 서두는 조금 부끄러운 마음에서 시작합니다.

하지만 저는 세상에 글을 내다가, 얼굴을 밝히기로 하고 맨 처음 한 일을 기억합니다. 그것은 1년 8개월 만에 미용실에 간 것이었습니다. 그동안 미용실에 가지 않았다고 해서 스스로 머리를 자른 것도 아니었으니, 제 머리는 똑단발이었지요. 당시 별명은 만주의 동물 판매상이었고, 누군가는 머리 스타일만 벌써 작가라고 놀리기도 했습니다. 하지만 세상에 얼굴을 비추어야 한다는 결의를 하고

힘센 이슬아 작가님께

저는 단정하게 머리를 잘랐습니다. 세상과 마주하는 예의 같은 것이었을까요. 이후 촬영이나 방송이 있으면, 결혼식, 장례식장, 학회장 따위에 갈 때만 입던 두 벌의 정장을 번갈아 입었습니다. 가끔 정장을 협찬받을 때도 있었습니다. 모두 세상에 누가 되지 않으려고 한 일입니다.

세상은 참 이상합니다. 저는 글을 쓰는 사람이고자 했을 뿐인데 정장 화보가 돌아다니고, '창업을 했다가 망했지만, 큰 타격이 없을 정도로 집에 돈이 많은 사람'처럼 보이기도 하게 되었습니다. 그런데 제가 왜 응급의학과에 있는 줄 아십니까. 바로, '창업'을 할 수 없는 과이기 때문입니다. 빚을 내고 돈을 융통하고 매출을 계산하다니요, 저에게는 상상하기 어려운 일입니다. 저는 젊었을 때부터 몸으로 때우고 일당을 받는 일이 편했습니다. 그 대가로 떨어진 응급실 일은 만만치 않았지만요. 하여간 저는 그러한 이유로 제 나름대로 용기를 내서 몸에 안 맞는 옷을 걸치고 사진기 앞에 나서고 있습니다. 그럼에도 제 소유의 정장은 아직 두 벌뿐입니다. 아, 작가님이 본 것은 광고가 아니라 단발 촬영입니다. 생각해보니 저는 아직 광고를 찍어본 적이 없고, 광고비를 받아본 적도 없습니다. 저랑 어울리지 않는 일 같아서 안 했습니다. 유일한 '광고'는 아동보호단체와 함께 촬영한 것입니다.

갑자기 고백합니다. 저는 세상 사람들의 많은 이야기를 관찰합니다. 그중에는 유명한 사람도, 잘 알려지지 않은 사람도 있습니다. 제가 아는 사람도, 전혀 모르는 사람도 있습니다. 그들은 어쩌다 실시간검색어에 오르고 그들의 과거 행적이나 발언이 하루종일 회자됩니다. 비난이 쏟아질 때도 있겠지요. 그럴 때마다 저는 공포와 불안을 느낍니다. 저는 두렵고 암담한 일이라면 뭐든 제게 대입해보는 성정을 지녔거든요. 저는 자주 제가 가진 모든 것을 단 며칠 만에 잃어버리는 일을 생각합니다. 모두가 나의 가장 안 좋고 부끄러운 면을 두고두고 이야기하는 상상을 합니다. 그리고 다시 두려워져 어떤 말이든 하지 않기로 합니다.

그것은 실제 제게 일어난 일이었을지도 모릅니다. 처음 저는 몸에 안 맞는 용기를 내고 세상으로 나왔습니다. 그리고 이 일이 단순히 정장을 입는 것처럼 겉모습뿐일 때도 있지만, 결국에는 끊임없이 내면이 시험대에 오르는 일임을 깨달았습니다. 처음 쓰기 시작할 때 저는 나약했고 인정받지 못했습니다. 그것도 끝이 보이지 않는 일이었지만, 본격적으로 문장 위에 서자 불안과 공포는 본격적으로 찾아왔습니다. 세상에 할 수 있는 무한한 말과 그로 인해 발생할 무한한 반응이 두려웠습니다. 개인적인

힘센 이슬아 작가님께 ———

부족함에도 천착하기 시작했습니다. 가끔은 엘리베이터와 계단실뿐만 아니라 혼자 있는 집과 혼자 걷는 길 모두가 견디기 힘들었습니다. 불안과 우울에 대한 일기를 적곤 했지만 아이러니하게도 가장 좋은 방법은 약을 먹는 것이었습니다. 불안이 사라지더라고요. 하지만 저 또한 멍해져 글을 쓰기 어려웠습니다. 글이 무뎌졌고 예민함이 줄어들었습니다. 내가 아닌 것 같았지만, 괜찮았습니다. 워낙 글을 쓴다는 행위에서 불안감이 시작되었으니까요. 그렇게 편해질 때는 평생 쓰지 않고 살아야겠다는 생각이 들 때도 많았습니다. 저는 사람들 앞에 나서는 일이 아직도 두렵고 공포스럽습니다. 무한한 시간이 지나면 결국은 패배할 싸움이 무섭습니다.

대신 의사로서 저는 강합니다. 아니, 강해졌다고 해야 할 것 같습니다. 그 또한 기저에서는 불안하고 공포스러운 일이었습니다. 저는 그것들을 담담하게 털어놓았지만, 술자리에서 이렇게 입버릇처럼 말하곤 했습니다. "하루만 나 대신 당직을 서면 아마 외상후스트레스장애로 3개월은 병석에서 시름시름 앓을 거다." 이건 제 경험에 의거한 말입니다. 저는 하루에도 너무 많은 사건을 겪은 다음, 집에 돌아오면 3개월 정도 병상에 누워 앓고 싶은 지경이었습니다. 새살처럼 약한 마음을 구두 뒤축으로

짓뭉개는 듯한 일이었으니까요. 하지만 다음날 아침에 또 출근해서 또 그 일을 해야 했습니다. 그래서 『만약은 없다』는 엉엉 울어버릴 준비를 하고 앉아 있는 의사의 일기입니다. 그는 자기가 목격하는 일이 전부 자신에게 일어난 일이라고 생각합니다. 사람들은 그 책을 읽고 여기 나온 의사부터 병상에 눕혀서 치료하라고 말할 정도였습니다.

응급실에는 불안한 사람들이 너무나 많이 찾아옵니다. 하지만 대체로 의사들은 불안하지 않습니다. 우리가 주로 하는 일은 그들이 불안하지 않을 때까지 시간을 두고, 다른 기질적 원인이 없을까 검사하는 것입니다. 응급실에서 바로 항불안제를 투여하는 일은 좀처럼 하지 않습니다. 정신과적 투약은 장기적 계획이 바탕이 되어야 한다는 원칙도 일리가 있으니까요. 하지만 저는 제가 먼저 힘들어져, 응급실로 뛰어온 사람들에게 이렇게 말합니다. "제가 지금 당장 당신의 불안을 덜 수 있도록 돕겠습니다. 원하는 바를 말하세요. 같이 불안을 해결할 방법을 찾아봅시다." 그것이 약이든 상담이든, 저는 즉시 도와줍니다. 그리고 불안하지 않다는 말을 들을 때까지 잡아둡니다. 이런 직업적 비밀을 고백해도 될지 모르겠습니다. 그렇다고 해도 저는 매일 근무하지 않으니까, 병원에 찾아오시면 저를 못 만날 확률이 높습니다.

저는 괜히 이 사람이 얼마나 아팠을까 생각해보는 사람입니다. 얼마나 불안하고, 또 얼마나 힘이 들었을지 생각해보는 사람입니다. 하지만 여기에는 상상할 수 없을 정도로 많이 아픈 사람들이 있습니다. 생이 영원해도 저는 그 아픔에 닿지 못할 것이라고 생각합니다. 다만 저는 누워 있는 환자의 정강이 앞쪽을 괜히 쓰다듬으며 침대를 떠나는 의사입니다. 환자와 이야기하다가 빙그레 웃기도 하는 의사입니다. 아픈 아이가 오면 한 번씩 손잡고 머리를 쓰다듬은 후에야 보내주는 의사입니다. 불안하다고 엉엉 울면 어깨를 한번 토닥거리고 싶은 충동을 참아내는 의사입니다. 네, 욕심이 많은 느끼한 의사입니다. 하지만 그럼에도 아픔을 영원히 이해할 수 없는 것처럼, 공포와 불안을 근본적으로 해결할 방법 또한 잘 모르겠습니다. 가운을 벗고 집에 돌아오면 저 또한 매일 불안에 시달립니다. 그리고 무엇이든 해결되지 않는 일을 생각합니다. 저 또한 불안과 영원히 살아가는 일을 암담하게 받아들입니다.

부끄럽지만 저는 실제로 코로나 시대 전방의 의료진입니다. 바이러스는 보이지 않지만, 저는 그것이 들어오지 못하게 막아야 합니다. 그 횡포하고 지독한 존재로부터 완벽히 승리하는 것은 불가능합니다. 우리는 패배한 다음 바이러스가 지나간 자리를 쓸고 닦고 치우고 또 올 자리를 마련합니다. 수시로 감염 여부를 검사받고 가끔 자가격리당하고 퇴근하면 집에만 머물러야 합니다. 방역복은 덥고 고글에 김이 서려 앞은 보이지 않으며, 솔직히 혼란스럽고 무섭고 겁이 납니다. 그 외에도 저는 지금까지 많은 것과 싸웠습니다. 불안하고 소심한 시선으로, 응급실에서 제가 본 것에 의거해 할 수 있는 이야기를 모두 털어놓았습니다. 제가 겪은 많은 일을 되풀이해서 생각하고 기록하는 일을 했으니까요. 아동학대, 중증 외상, 가난, 노동자 상해, 열사병, 헌혈, 소방관 처우 개선, 우울과 자살, 폭행과 살해에 대해서 저는 글을 써왔습니다. 코로나 19도 마찬가지였지요. 하나같이 너무나도 아픈 일이었습니다. 그리고 출근해서 실제 그것들을 막아왔습니다.

아무리 시간이 지나도 해결되지 않을 일이라는 것을 알고 있었지만, 저는 글을 쓰는 사람으로서 끊임없이 이야기하고 싶었습니다. 그리고 지난 한 달 동안 저는 동료들이 떠난 응급실에서 혼자 일을 했습니다. 과로로 살이 빠졌는지 어젠 벨트에 맞는 구멍이 또 한 칸 줄어들었더군요. 물론 코로나바이러스는 여전히 맹위를 떨치고, 제

힘센 이슬아 작가님께

가 이야기해오던 문제 또한 여전히 응급실로 찾아옵니다. 저는 이 편지를 다 적고, 내일 아침 7시부터 정확히 열여섯 시간 동안 다시 혼자 응급실을 지켜야 합니다. 다섯 명의 일이 한 명에게 쏟아집니다. 많은 환자가 찾아오면 어차피 다 받을 수가 없어서 할 수 있는 만큼만 일해야 합니다. 제 능력을 모조리 발휘해도 완벽히 해낼 수 없는, 마치 패배가 예견된 군인 같은 것입니다. 가난과 폭행과 우울과 바이러스는 아직도 제자리에 있지만 제 곁에는 동료가 없습니다. 그래서 저는 알 수 없는 시기를 지나고 있습니다. 불안하고 공포스럽습니다. 저는 절망적인 기분으로 내일 아침 출근해 근무복으로 갈아입고 다시 응급실 한복판에 앉을 것입니다.

사실 담대함에 대해서는 작가님께 배워야 할 것 같습니다. 그 많은 사람들과 두려움 없이 맞서려면 얼마나 크고 담대한 용기가 필요할까요. 우리에게는 명이 있다면 암도 있습니다. 작가님은 엘리베이터나 계단실이 공포스럽지만, 저는 그것을 제외한 모든 것이 공포스러운지 모릅니다. 하지만 불가해하고 도저히 이룰 수 없는 것을 계속 극복해나가는 게 우리 삶의 목표가 아닐까요. 저는 불안과 공포를 해결할 수 없지만, 근본적으로 해결될 수 없는 것들이 너무나 많다는 사실을 전달하고 싶습니다. 어떨 때는 무서울 만큼 강한 힘을 가지고 싶다가도, 어떨 때는 한없이 약해져 어떤 것과도 싸우고 싶지 않은, 우리의 변화하는 성정이 결국 불안과 공포의 근원인지 모르겠습니다. 갑자기 먹는 약이나 좋은 정신과 의사보다는, 누군가 와락 안아주는 일 같은 것이 우리의 불안을 잠재우는 방법이 아닐까 생각합니다. 그래서 우리는 이렇게, 서면으로 방법을 묻고 서로를 깊게 이해하려 손을 내밀고 있는 것이 아닐까 싶습니다.

계속 이겨내는 수밖에 없습니다. 우리는 대체로 패배하고 가끔 승리했다고 생각하겠지만 다시 패배로 돌아올 것입니다. 그래서 삶은 눈물나는 일입니다.

패배가 예견된 일을 앞두자 말이 길어졌습니다. 해결책을 드리지 못해서 죄송합니다.

2020년 9월 4일
불안과 공포의 왕
남궁인 드림

'느끼함과 느끼함을 이겨낼 힘을 동시에 주는 당신'

저에게 선생님은 바로 그런 사람입니다.

편의상 그 힘을 느끼느끼력이라고 줄여 부르겠습니다.

느끼느끼력뿐 아니라 공포공포력도 배우고 싶습니다.

세상의 온갖 무서움을 이기는,

무서울 만큼 강한 내면의 힘을 상상합니다.

계속 이겨내는 수밖에 없습니다.

우리는 대체로 패배하고

가끔 승리했다고 생각하겠지만

다시 패배로 돌아올 것입니다.

그래서 삶은 눈물나는 일입니다.

이
슬
아

×

|

새해의 남궁인 선생년께

|

×

남
궁
인

연초의 맑고 깨끗한 기운을 담아 인사드립니다. 안녕하세요. 오랜만입니다. 선생님은 서른아홉 살이 되셨겠군요. 저는 서른 살이 되었습니다. 몸도 마음도 창창한 느낌입니다. 창창하다못해 새파란 것 같습니다. 비록 이른 나이에 과로하여 허리가 휘긴 했지만 괜찮습니다. 벌어야 할 돈과 이뤄야 할 야망과 수습해야 할 문제와 아직 모르는 쾌락이 산더미처럼 남아 있으니 꼭 괜찮고 싶습니다. 오래 살고 싶군요. 선생님께서도 부디 오래 사십시오. 느끼해도 괜찮으니 노인이 될 때까지 살아주시면 좋겠습니다. 새파란 제가 생에 대한 집착을 꾹꾹 눌러담아 당부드립니다.

크리스마스를 응급실에서 보내셨다고 들었습니다. 12월 31일에서 1월 1일로 넘어가는 밤에 응급실에 계셨다고요. 정신없이 바쁜 와중에도 해피 뉴 이어 인사를 주고받으셨겠지요. 동료들과 환자들께 짧은 새해 덕담을 건네셨을 선생님의 모습을 상상합니다. 그런 막간의 상냥함이 참으로 소중할 것 같습니다. 힘든 일터일수록 말이에요. 여전히 선생님은 제가 아는 의사 중 가장 친절한 사람입니다. 친절과 이성과 기술을 겸비한 채 코로나 시대 전방에서 의료진으로 일해주셔서 고맙습니다. 선생님과 동료분들 덕분에 어떤 안전망이 겨우 붕괴되지 않고 있음을

새해의 남궁인 선생님께

자주 생각합니다. 제가 직접 할 수 없는 일을 대신하고 있는 이들에게 유독 감사하고 미안한 시절입니다.

선생님이라면 그간 어떻게 지냈냐고 물어봐주실 것 같아 이야기해봅니다. 얼마 전 작은 수술을 했습니다. 팔뚝에 알 수 없는 멍울이 생겨서 가벼운 마음으로 동네 피부과에 갔는데, 피부과에서는 외과로 가라고 했고 외과에서는 큰 병원으로 가라고 하더군요. 얼떨떨하게 방문한 종합병원은 코로나 방역과 의료 업무를 동시에 해내느라 아주 분주해 보였습니다. 길고 긴 대기 시간을 견디며 엑스레이를 찍고 초음파검사를 받았습니다. 결과를 본 수부외과 선생님께서 수면마취 후 팔뚝 절개술을 해야 한다며 금식령을 내리셨고요. 심각한 거냐고 여쭤보니 모른다고 대답하셨습니다.

"그러니까…… 이게 뭔지 모른다는 말씀이신가요?"

"모릅니다. 꺼내봐야 알죠."

그렇게 수술 날짜가 잡혔고 선생님이 다음 환자를 부르시는 바람에 저는 서둘러 자리를 비켰습니다. 얼마 후 수술침대 위에 눕게 되었어요. 수술실의 의료진들은 바쁜 와중에도 짬짬이 농담을 주고받으시더라고요. 이상하게 안심이 되었습니다. 험한 일터에서도 가끔은 농담할 여유가 있다는 게 다행이라고 생각했습니다. 누군가가 익숙한 손놀림으로 마취주사를 꺼내드셨어요. 그분의 마스크와 장갑과 수술복 소매를 보며 문득 남궁인 선생님을 떠올렸지요. 이런 옷 입고 일하시겠지? 선생님도 가끔은 농담을 하시겠지? 하셨으면 좋겠다. 1, 2, 3, 4, 5…… 목구멍이 매워지며 기억이 끊겼습니다.

어떤 농담도 도저히 나오지 않는 날들이 선생님께는 잦을 것만 같아 걱정입니다. 요즘은 무엇 때문에 괴로우신지 궁금하면서도 묻기가 조금 두렵습니다. 연말에 잠깐 뵈었을 때 얼굴이 핼쑥하셨는데요. 많이 지친 상태라면 가장 괴로운 이야기는 제게 말하지 않으셔도 괜찮습니다. 두번째나 세번째로 괴로운 이야기만 해주셔도 감사히 듣겠습니다.

팔뚝 절개수술은 무사히 잘 끝났다고 합니다. 제가 모르는 사이 일어난 일이니 의료진의 말을 믿을 수밖에요. 간호사 선생님께서 절개술의 결과물을 보여주셨습니다. 투명한 통 안에 커다란 미더덕 같은 것이 들어 있었어요. 도대체 미더덕이 내 팔뚝에서 왜…… 다음날 아침 회진 때 들어보니 그것은 섬유종이라고 하더군요. 수술을 집도한 선생님께 여쭤봤습니다.

"섬유종이라는 것은 왜 생기는 건가요?"

하지만 선생님은 이미 다음 환자로 눈을 돌린 뒤였습니다. 저는 그의 가운 자락을 잡고 재차 물었습니다.

"선생님! 이게 왜 생긴 거죠?"

그는 눈도 마주치지 않고 대답했습니다.

"이유는 저희도 모릅니다."

그러고선 마치 경보 시합중인 사람처럼 계속해서 다음 회진을 향해 나아갔죠. 회진이란 이런 것인가. 병원은 '왜'라는 질문에 응답하기엔 지나치게 바쁜 곳인가. '어떻게'를 수행하기만 해도 벅찬 세계인가. 병상에 오도카니 앉아 그런 생각을 했습니다. 오도카니 앉은 사람은 저뿐만이 아니었어요. 옆 침대에는 눈 치우다 미끄러져 팔이 부러진 할머니가 계셨고 앞 침대에는 발가락이 모두 골절된 대학생이 있었습니다. 그들과 드문드문 수다를 떨었어요. 어쩌다 다쳤는지, 얼마나 아픈지, 아파서 취소된 일들이 무엇인지…… 아픈 사람들과 함께 병원에서 며칠을 지내는 동안 한 가지가 명료해졌습니다. 저에게 행복은 아프거나 괴롭지 않은 상태입니다. 아픈 곳도 괴로운 문제도 없는 날에, 그것이 어마어마한 행복임을 알아보는 사람이 되자고 다짐했습니다.

그러다 실감했습니다. 선생님은 늘 이런 곳에 계시는

구나. 무탈하지 않은 사람들 사이에. 건강도 행복도 기본 값이 아닌 세계에. '왜'라는 질문이 사치스러울 정도로 분주한 시간에. 아주 조금 다쳤는데도 선생님의 말을 이해할 수 있었습니다. 우리는 대체로 패배하고 가끔 승리했다고 생각하겠지만 다시 패배로 돌아올 것이라는 말. 그래서 삶은 눈물나는 일이라는 말.

선생님 말대로 계속 이겨내는 수밖에 없겠지요. 이긴다는 게 뭔지 도통 모르겠지만 말입니다.

감사하게도 삶이 계속되고 있습니다. 퇴원하자마자 여러 원고 마감이 닥쳐왔습니다. 이 글도 그중 하나죠. 답장을 쓰기 위해 네 달 전 선생님이 쓰신 편지를 다시 읽어보았습니다. 안쓰럽고 마음 아파서 울 뻔했지만 진짜로 울지는 않았습니다. 감동적인 와중에 여전히 까르보나라적인 부분이 눈에 밟혀서요. 하지만 자꾸 다시 읽다보니 약간 정드는 느낌입니다. 느끼함에도 정이 들다니 큰일이군요. 순두부찌개적인 남궁인이 그리울 때마다 선생님의 네이버 오디오클립을 듣습니다. 방송을 틀어놓고 운전하곤 합니다. 나긋나긋한 목소리로 자분자분하게 이런저런 얘기를 들려주시지요. 다음 방송 때에는 무려 라이브로 피아노를 쳐주시기로 하셨고요. 너무 귀공자 같을 듯하여

벌써 웃음이 나지만 설레는 마음으로 기대중입니다. 선생님의 서간문보다 라디오 방송을 더 좋아하는 저의 취향은 크게 괘념치 마십시오. 모든 독자들이 저처럼 느끼한 글에 취약하지는 않으니까요. 혹시 마음에 걸리신다면 새해부터는 편지를 덜 느끼하게 쓰면 되지 않겠습니까. 정진합시다. 저도 정진하겠습니다.

그런데 우리가 정진하고 있는 게 맞겠지요? 계속해서 쓰고 있기는 하니까요. 저나 선생님이나 징그러울 만큼 많이 쓰지 않습니까. 그중에서도 최근 〈에픽〉에 기고하신 100매짜리 원고를 특히 감탄하며 읽었습니다. 응급실의 여러 노동자들에 대한 르포였지요. 경력 12년 차 전문의, 그것도 동료 노동자들과 살갑게 지내온 전문의만이 쓸 수 있는 글이라고 생각했습니다. 선생님의 시선이 닿을 때마다 병원의 구석구석이 약간씩 환해지는 것 같았어요. 어렵고도 중요한 이야기를 글쓰기로 비춰오신 걸 알고 있습니다. 그래도 마감한 모든 글이 맘에 들지는 않으실 겁니다. 때로는 퇴보하고 있다는 느낌도 들지 않습니까? 우리 각자의 첫 책을 기억해봅시다. 선생님은 2016년에 『만약은 없다』로, 저는 2018년에 『일간 이슬아 수필집』으로 데뷔했지요. 그후로도 둘 다 왕성한 집필 활동을 했고요. 저는 첫 책으로부터 잘 점프하기 위해 제 나름대로 애썼습니다. 선생님도 물론 그러셨을 거고요.

그런데 말입니다. 지금껏 가장 많이 팔린 책은 여전히 첫 책입니다. 우리 둘 다 마찬가지죠. 이 사실이 가끔은 이상하지 않습니까. 물론 글의 성취와 판매 부수가 언제나 나란히 가는 건 아니지요. 그래도 궁금해집니다. 우리는 데뷔작보다 성장하고 있는 걸까요? 선생님의 글쓰기는 갈수록 나아지고 있습니까? 작가로서 자신을 어떻게 갱신하고 계신가요? 갱신이라는 것은 한 번 했다고 끝인 것도 아니지 않습니까? 말하자면 '갱갱신' '갱갱갱신'을 계속해야 좋은 작가로 살아남을 수 있는 것 아니겠습니까?

새해가 되자마자 돌덩이 같은 질문을 여러 개 드려 죄송합니다. 중요한 질문이라 여쭤보지 않을 수 없었습니다. 저도 생각해볼 테니 선생님도 생각해봐주십시오.

메일을 전송하려고 보니 선생님의 이메일 주소가 새삼 눈에 들어오는군요. 아이디가 insiders라니. 제가 생각하는 그 '인싸'가 맞나요? 선생님이 학창 시절부터 반장과 회장을 연임하셨고 여러모로 품이 넓은 내부자였다는 것은 대충 알고 있지만, 아무리 그래도 아이디를 insiders

라고 쓸 정도로…… 인싸였습니까? 아마도 저의 잘못된 추측이겠죠. insiders에 제가 모르는 의미가 분명 있을 것 같습니다. 참뜻을 알려주시기를 기다리고 있겠습니다. 아무쪼록 해피 뉴 이어입니다.

2021년 1월 17일
새해의 이슬아 드림

우리는 데뷔작보다 성장하고 있는 걸까요?

선생님의 글쓰기는 갈수록 나아지고 있습니까?

작가로서 자신을 어떻게 갱신하고 계신가요?

갱신이라는 것은 한 번 했다고

끝인 것도 아니지 않습니까?

말하자면 '갱갱신' '갱갱갱신'을 계속해야

좋은 작가로 살아남을 수 있는 것 아니겠습니까?

남
궁
인

)

×

—

고백하고 싶어지는 이슬아 작가님께

—

×

이
슬
아

(

새해가 되었습니다. 올해도 복 많이 지으시길 바랍니다. 저는 무감하게 나이를 먹었고 내년에 마흔 살이 됩니다. 작가님은 서른 살이 되었군요. 나이가 언급된 김에 새삼스레 서른 살의 작가님을 생각합니다. 누가 뭐래도 작가님의 외양은 어려 보입니다. 하지만 한편으로 정신을 차리라는 준엄한 편지를 보내주시는 분이기도 합니다. 그래서 저는 마치 영어권 사용자처럼 작가님의 나이를 가늠하지 않고 지내온 것 같습니다. 문득 제가 서른이 되던 해가 생각납니다. 저는 나이 앞자리가 3으로 바뀌는 순간 슈퍼마리오가 버섯을 먹은 것처럼 큰 소리로 '무럭무럭무럭' 하고 자랄 것만 같았습니다. 하지만 막상 20대의 그럴듯한 기억만 남은 서른 살이 되어 있더군요.

모든 것을 새로 시작해야 할 것 같았습니다. 그래서 레지던트 3년 차이던 저는 저에게 '독거'를 선물했습니다. 20대 내내 집에 잘 안 들어갔지만 막상 나와 살지는 않았습니다. 어차피 집에서 잠만 자는 거 아니냐는 어머니의 만류를 뒤로하고 출가해 아무도 없는 집에서 잠들기 시작했습니다. 그리고 본격적으로 독서를 하고 글을 썼습니다. 허황된 20대에서 건실한 30대가 되는 순간이었지요. 제 서른 살은 그랬습니다. 학업과 일에 시달리며 방황하다 본격적으로 세상에 나갈 준비를 하던 해였지요. 그

고백하고 싶어지는 이슬아 작가님께 ─────

런 나이에 이뤄야 할 야망과 수습해야 할 문제를 언급하다니, 새삼스럽게 작가님은 정말 위대한 분입니다. 아니 그런데, 얼마나 더 많은 쾌락을 알고자 하시려는 겁니까. 지금보다 더 많은 쾌락을 알려다가 다칠까봐 무섭습니다. 세상 쾌락 별거 없으니까 적당히 압시다. 아니면 저에게도 조금 알려주고 나눠주실 수 있을까요. 쾌락도 나누면 배가될지 모르지 않습니까.

안 그래도 얼마 전 작은 수술을 받았다는 소식을 들었습니다. 인간적인 궁금함과 의학적인 궁금함이 동시에 찾아왔습니다. 과연 어떤 수술일까요. 혹시나 알고 나면 인간적으로 민망해지거나 의학적으로 철저히 분석하게 되는 일이 아닐까요. 두 가지 모두 그림이 썩 좋지 않았습니다. 복잡한 마음이 들어 결국 물어보지 않았습니다. 그냥 쾌유를 빈다고 답할 수밖에 없었죠. 하지만 팔뚝에 생긴 섬유종이라니요. 다행입니다. 민망할 필요도 없고 분석할 필요도 없는 것이군요. 일단 쾌차하셔서 너무나 다행입니다.

제 친절함과 상냥함을 매번 강조해주시니 진땀이 쪽 빠지도록 더 친절하고 상냥해지고 싶습니다. 그리하여 작가님은 팔뚝에 왜 섬유종이 생겼는지 '친절한' 제게 묻고 있는 것 같습니다. 경보 시합하는 의사 선생님에게 못 들으셨다니까요. 하지만 제 취미도 달리기……는 농담이고, 저 또한 모릅니다. 인간의 몸에는 많은 것이 자랍니다. 저는 연유 없이 인간의 몸에서 자라난 많은 것들을 실제로 꺼내 보았습니다. 우리의 인지구조에서 '인간'은 뽀얗고 단단한 살갗으로 둘러싸인 존재겠지요. 하지만 그 피부 안에서는 미더덕뿐만 아니라 각종 농해축산물 코너에 있는 것들이 다 자랄 수 있습니다. 학생 때는 매일 충격의 연속이었습니다. 인간의 몸에서 저렇게 생긴 게 나올 수 있다니.

게다가 그 불청객은 우리 몸에 나쁜 존재일수록 명백히 더 나쁘게 생겼습니다. '암'은 실제로 보면 정말 '암'같이 생겼지요. 냄새도 심하고 모양도 울퉁불퉁하며 괴팍하게 주변 조직을 먹어치웁니다. 누군가를 비난할 때 '암덩어리'라고 부르는 건 괜히 그런 게 아닙니다. 그 표현을 들을 때마다 직접 목격한 간암이나 대장암 따위를 생각합니다. 하지만 병리학이나 유전학의 영역에서 아무리 탐구하고 공부해도 근본적으로 그 사람에게 왜 그런 것이 생겼는지는 알 수가 없습니다. 누군가에겐 아무것도 생기지 않고, 누군가에겐 해롭지 않은 종양이 발견되고, 누군가는 암으로 유명을 달리하죠. 그래서 그냥 그런 일이 생겼다고 설명할 수밖에 없습니다. 그걸 축약하면 "이유는 저

고백하고 싶어지는 이슬아 작가님께

희도 모릅니다"라며 경보하는 평범한 의사 선생님이 됩니다. 그런데 미더덕이라고요. 해물탕에 들어가는 착한 존재 아닙니까. 겨울이라 따뜻한 국물이 당기기도 하는군요. 안온한 일입니다. 다시 한번 천만다행입니다.

전신마취를 받으며 카운팅을 하다 기억이 끊기셨다고 하니, 한 가지의 고백을 더 해야겠습니다. 저번 편지에 명품을 사본 일이 없다고 고백했지요. 제가 또하나 경험하지 못한 게 있습니다. 바로 전신마취와 수면마취입니다. 태어나서 몸에 칼을 대거나 수면마취가 필요한 시술을 받을 일이 없었습니다. 평생 저 스스로만 잠들었지 주사를 맞고 자본 일이 없는 겁니다. 12년째 병원에서 일하면서 환자를 천 명쯤 재웠지만 막상 저는 그게 어떤 기분인지 모릅니다. 혈관으로 약이 빨려들어가자마자 모두 어디론가 급하게 떠나시더군요. 육신을 그대로 둔 채 여행하는 곳은 어떤 곳일까요. 무엇을 보고 오셨습니까. 궁금하지만 일부러 경험해보고 싶지는 않습니다. 주사는 아프고 아프면 싫으니까요. 그럼에도 온전한 기억을 지녔음을 자랑하고 싶었습니다. 문득 고통에 다가가고 모든 것을 경험하려면 정말 오래 살아야겠다는 생각이 듭니다. 작가님의 새해 덕담처럼요.

제 아이디에 대해 해명합니다. 사이트를 불문하고 제 모든 아이디는 insiders입니다. 참 오래전부터 '인싸이더'의 복수형을 써왔지요. 제가 눈을 번뜩이면서 이걸 물어보지 않았으면 어쩔 뻔했냐며, 역시 떡잎부터 범상치 않았다는 사연을 전달할 것이라고 기대하셨다면, 참으로 죄송합니다. 별거 없거든요. 서기 1996년, 코흘리개 중학교 1학년이었던 남궁인 학생은 난생처음으로 인터넷 아이디를 정해야 했습니다. 하지만 그 학생은 창의력도 없고 아는 영단어도 몇 개 없었습니다. 그래서 영한사전을 뽑아 본인의 이름인 'in'으로 시작하는 페이지를 펼쳤습니다. 인치, 인더스트리 따위의 단어를 훑던 그는 '인싸이더'의 발음이 멋있다고 생각합니다. '내부자'라는 뜻도 왠지 있어 보였습니다. 그래서 입력했으나 당연히 누가 사용하고 있었습니다. 그는 얼마 전 학교에서 영단어에 s를 붙이면 복수가 된다는 사실을 배웠습니다. 결국 insiders라는 아이디가 탄생했습니다.

덕분에 평생 사용할 아이디가 〈내부자들〉이 되었습니다. 이 영화가 개봉한 건 약 20년 뒤의 일이었습니다. '인싸' '아싸' 열풍 또한 참으로 오랜 뒤의 일입니다. 하여간 1990년대 말 저는 온라인에서 '인싸이더'의 줄임말 '인싸'라고 불렸습니다. 그뒤로 치열하게 '인싸'이고자 하는 삶을 살았던 것 같지만 치열하게 '아싸' 취급을 받으며 살았습니다. 자기를 무려 '인싸'라고 부르는 사람일수록 별로 가까이하고 싶지 않은 법입니다. 저 같아도 저랑은 안 놀았을 것 같습니다. 덕분에 취미란에 '독서', 특기란에 '피아노'를 적는 '아싸'로 대부분의 생을 살았습니다. 그럼에도 공교롭게 제 이름이 '인'이었던 것이 '인싸'의 한 부분을 암시했다고 생각하니 조금 징그럽군요.

작가님 앞에서는 자꾸 무엇이든 고백하게 되네요. 고백할 게 또 있습니다. 보통 리액션이 뛰어난 사람을 '리액션 부자'라고 하지요. 그 기준에서 저는 리액션 거지, 줄여서 '리거'라고 해야겠군요. 병원에서 환자를 위로하면 그럭저럭 환자분들은 좋아하십니다. 친구들을 위로해도 반응이 나쁘지 않습니다. 하지만 애인을 위로하면 가차없는 반응에 직면합니다. "참 힘이 들었겠구나" "참 좋지 않은 일이었구나" 등등의 대사는 제게서 영락없이 '교양 있는 현대 서울말씨'로 책을 낭송하듯 재현됩니다. 제 서울말은 너무 지극히 서울말이라서 사람을 화나게 하나봅니다. 그래서 애인에게 진정성 있는 위로를 해야 할 타이밍이 오면 눈알부터 사시나무처럼 떨리기 시작합니다. 그리고 어김없이 불호령이 떨어집니다. "영혼은 어제 가출

했니?" 같은 것입니다. 그 때문에 가차없이 한 방에 걸어 차인 적 또한 있습니다. 그러고 보니 환자분들이 그럭저럭 좋아하셨는지도 의심스럽습니다. 친구들 또한 저랑 진짜로 친한 친구들인지 의심해봐야겠군요.

이 고백을 작가님에게 하는 건, 편지를 주고받다보니 작가님은 진심으로 인간을 궁금해하고 공감하는 사람이라는 생각이 들어서입니다. 〈일간 이슬아〉에도 인터뷰 코너가 있고 『깨끗한 존경』이라는 인터뷰집을 출간하기도 하셨죠. 그 글들을 보면 누군가의 생과 존재에 대해 경탄하고 탐구하려는 자세가 깊이 배어 있습니다. 글 자체로도 훌륭하지만, 내 앞에 있는 사람에 대한 진정한 놀라움이 그 글을 더 빛나게 만들고야 맙니다. 하지만 고백한 대로 저는 가장 가까운 사람에게 진정으로 공감하고 위로하려고 해도 '영혼의 현존' 여부를 추궁당하고야 맙니다. 그러고 보면 저는 누군가를 진정으로 궁금해하는 것에는 자신이 없는 것 같습니다. 이 편지 또한 주로 작가님이 묻고 제가 답하는 형식이지요. 일단, 저에 대해 너무나 정성스럽게 궁금히 여겨주셔서 늘 감사합니다. 그리고 반대로 묻고 싶습니다. 그 궁금하게 하는 힘은 무엇입니까? 무엇이 이슬아 작가를 늘 놀랍고 새로운 세상에 깊이 빠질 수 있게 하는 것인가요? 또한 우리는 평생 사랑하는 한 사람을 깊게 탐구하는 것이 행복할까요? 아니면 존경하는 많은 사람들에게 경탄하는 것이 행복할까요? 궁금함에 대해서 작가님께 너무 궁금합니다. 그리고 상대방을 대하는 용기 있고 정갈한 자세가 늘 부럽습니다.

작가님이 제게 편지를 쓰고 있는 동안 저는 또다시 큰 사건*의 중심에 섰습니다. 그것은 우리가 늘 패배로 돌아온다는 말과 일치했습니다. 그 고통과 죽음을 본 순간 저는 또다시 완벽히 패배했음을 알았습니다. 어떠한 농담도 도저히 나올 수가 없는, 농담의 존재조차 사치인 것 같은 일이었습니다. 저는 그 일을 '피가 거꾸로 솟았다'고 표현했습니다. 그 표현은 들불처럼 확대재생산되어 언론을 달구었지만, 아직도 저는 그보다 더 적확한 표현을 찾지 못했습니다. 겉보기에 사람들은 대체로 무탈하게 살아가는 것 같겠지요. 하지만 한 번 그 궤도를 벗어난 사람들은 지옥으로 향하게 됩니다. 아무리 고통과 부상과 죽음이 혼재한 세계에서 살고 있어도 커다란 추가 날아와 후

---

* 2020년 10월 13일 생후 16개월의 입양아 정인이를 양모와 양부가 학대하여 숨지게 한 사건. 심정지 상태로 이대목동병원으로 이송된 정인이는 외력에 의한 복부손상으로 사망했다.

두부를 가격하는 것 같은 일이 있습니다. 삶이 눈물날 정도로 징그러워 견딜 수가 없었습니다. 그와 관련된 글을 쓰고 방송을 마치고 방에 돌아와 작가님께 답장을 씁니다. 서두를 발랄하게 열었지만, 그 일에 대해서 말을 꺼내지 않기가 어렵습니다.

지난 크리스마스에도, 새해 첫날에도 저는 응급실에 있었습니다. 정확히는 12월 24일에서 25일로 넘어가는 시간과 12월 31일에서 1월 1일로 넘어가는 날 모두 당직을 서고 아침에 퇴근했습니다. 그런 날들의 응급실은 어떨 것 같습니까. 병원 밖 보통 사람들은 행복한 날이지요. 대신 응달에 남겨진 사람들은 얼마나 처절하게 불행에 떠는지 모릅니다. 모두가 들뜬 세상의 변방에서 벌어지는 파괴와 고독을 목격하는 일입니다. 그런 것들을 매년 자청해서 보고 있자면 적어도 그다지 행복하고 싶지 않아집니다. 압도적인 패배 또한 마찬가지입니다. 어떤 죽음을 보고 있으면 자신 또한 영영 행복하기 어려울 것 같은 기분이 듭니다.

사람들의 몸에는 문득 악성종양이 돋아나고, 때로는 악마 같은 불의가 인간의 연약한 육체를 부수어버립니다. 그런 것들이 인간 세상에 왜 존재하는지는 여전히 알 수 없습니다. 아무도 행복해지지 않는 일이 세상에는 너

고백하고 싶어지는 이슬아 작가님께

무 많습니다. 저는 의학적으로 그것들을 '어떻게' 처리하는지는 잘 알고 있습니다. 기계적으로 훈련받았으니까요. 하지만 '왜'라는 질문을 멈출 수가 없습니다. 작가님이 경험한 대로 여기는 '왜'라는 질문이 미약한 세상입니다. 하지만 왜 인간들은 타인의 생명을 짓밟아버리고, 왜 누군가는 아무도 지켜보지 않는 곳에서 비참하게 죽어가는 것일까요. 그것들을 돋보기로 들여다보자 저는 불행해지지 않을 도리가 없었습니다. 남들이 가장 행복한 순간에 가장 불행한 장소로 찾아가야 했으니까요. 그건 신형철 평론가의 말처럼 '슬픔을 공부하는 슬픔'이자 '고통을 공부하는 고통'일 것입니다.

『만약은 없다』와 『일간 이슬아 수필집』은 우리의 첫 책이자 대표작입니다. 자신의 이야기와 본인 그 스스로를 세상에 알리고 싶었던 두 화자는 첫 책에서 필사적으로 개인적인 서사를 풀어놓습니다. 그 이야기는 요행히도 사람들의 큰 관심을 받았습니다. 그 서사에는 우리 나름대로의 특별함과 신선함이 있었기 때문이겠죠. 그 이야기는 사람들의 뇌리에 박혀, 우리의 글쓰기 인생에서도 항상 따라다닙니다. 그뒤로도 우리는 꾸준히 쓰고 있으니 기술적 측면에서는 나아질 수밖에 없을 겁니다. 하지만 우리는 평생 개인적인 이야기만을 늘어놓을 수가 없습니다. 또한 기술적으로 나아진다고 해서 갱신이라고 부르기도 어렵습니다. 아무래도 자신의 사연이 소진될 때가 글쓰기의 진정한 시작일 겁니다.

　글을 쓰는 사람은 자신의 세계를 확장할 의무가 있습니다. '그다음에는 무엇을 말할 것인가'라는 질문에 우리는 조금 더 자신이 생각하는 정의의 입장에 설 수밖에 없습니다. 반성하고 주위를 되돌아보고 읽고 이해하는 것이 글쓰기를 계속하는 행위니까요. 작가님이 비건-에코-페미니스트를 언급하셨던 것처럼, 저 또한 꾸준히 폭력-학대-재난-슬픔 등을 언급해왔습니다. 비유하자면, 자신이 디디고 있는 디딤돌에 간신히 다른 디딤돌 하나를 올려놓고 그 달라진 광경을 묘사하는 일이 글쓰기의 갱신이겠지요. 타인의 세계를 어려워하는 제가 〈에픽〉에 썼던 원고 또한 남을 궁금해하고자 노력하는 원고입니다. 병원에서 내내 같이 일했어도 묻지 않으면 알 수 없는 원무과 직원, 이송 기사, 간호조무사, 청소 업무원님들의 노고를 알고 싶었습니다. 그렇게 우리는 낯섦을 이겨내며 세계를 확장하기 위해 노력해야겠죠. 그러다보면 큰 사건에 휘말려 세상에 어떤 식으로든 목소리를 내는 사람이기도 했다가, 식탁에 오른 고기를 보고 작가님의 글을 떠올리며 죄책감을 느끼는 사람이 되는 것이겠지요.

사실 모든 작가는 영영 첫 작품을 따라잡을 수 없다고 생각합니다. 갱신은 자주 실패로 돌아가고, 우리는 마감된 원고를 보며 펜을 집어던지고 싶은 욕망에 시달릴 것입니다. 심지어 제가 말하는 것이 진정한 갱신인지조차 혼란스럽습니다. 과연 제 인생이 옳은 방향으로 나아가고 있는지 저 또한 두렵습니다. 하지만 확신합니다. 적어도 자신의 세계에서 동어반복하며 배회하지 않으려면, 그러다가 불시에 악과 어둠이 되지 않으려면, 우리는 끝없이 갱신하려고 노력해야 합니다. 불의에 둔감해질 때, 우리의 존재는 휘발될 것입니다.

'만약은 없는 일간 이슬아 수필집' 같은 걸 '갱갱갱신'해봅시다. 같이 부단히도 부딪치면서요.

2021년 1월 26일
한때 인싸이더라고 불렸던
남궁인 드림

병원 밖 보통 사람들은 행복한 날이지요.

대신 응달에 남겨진 사람들은

얼마나 처절하게 불행에 떠는지 모릅니다.

모두가 들뜬 세상의 변방에서 벌어지는

파괴와 고독을 목격하는 일입니다.

그런 것들을 매년 자청해서 보고 있자면

적어도 그다지 행복하고 싶지 않아집니다.

아무도 행복해지지 않는 일이 세상에는 너무 많습니다.

이
슬
아

×

고통을 공부 하느라 고통스러운 남궁인 선생님께

×

남
궁
인

사과부터 드리겠습니다. 답장이 늦었습니다. 우리는 2인조 계주 팀 같은 것이어서 제가 늦을수록 선생님의 마감 기한도 촉박해지는데요. 잘 알면서도 늦어서 죄송합니다. 하지만 선생님이 글을 얼마나 빨리 쓰시는지 알고 있습니다. 저처럼 대부분의 원고를 마감 당일에 시작한다는 것 또한 알고 있어요. 바통을 늦게 전달받아도 거뜬하게 이어 달릴 위인이시잖아요. 달리기가 취미이시기도 하고요.

저는 다시 〈일간 이슬아〉 연재를 시작했습니다. 새삼스럽지만 매일 한 편의 글을 마감합니다. 매일 쓰는 것은 딱히 어렵지 않습니다. 혼자서 매일 쓰는 사람들은 생각보다 많죠. 문제는 쓰기가 아니라 보여주기에 있습니다. 수많은 독자들에게 돈을 받고 보여줘도 부끄럽지 않을 만한 글을 매일 완성한다는 게 도대체 가당키나 한 일인지 모르겠습니다. 2018년 2월에 〈일간 이슬아〉를 창간했으니 벌써 4년 차입니다. 잦은 휴재를 하며 띄엄띄엄 쓰다가 이번주부터 다시 시작했습니다. 월요일에는 제가 이 짓을 또 시작했다는 사실이 믿기지 않아 울면서 썼고, 화요일에는 아무렇지도 않아서 별생각 없이 뚝딱 썼고, 수요일에는 글쓰기가 축복이라는 생각에 헤헤헤 웃으면서 썼습니다. 드디어 미친 거냐고 엄마가 묻더군요. 목요일에는

고통을 공부하느라 고통스러운 남궁인 선생님께

친구 원고를 싣는 날이라 엄격한 편집자가 되어 친구를 족치고 글을 고쳤습니다. 금요일에는 흘러간 댄스가요를 틀어놓고 춤을 추며 글을 썼고요. 어제인 토요일에는 이미 데드라인을 넘긴 이 서간문 원고를 쓰려고 했지만 급한 잡무를 처리하고 나니 기력이 달려 쓰러지듯 잠들었습니다. 지금은 일요일 아침입니다. 일주일 만에 처음으로 숙면했습니다. 마감을 안 하니까 이렇게 잠을 잘 잡니다. 새사람이 된 기분입니다. 뭐든지 할 수 있을 것만 같아요.

그래도 이 정도면 기복이 없는 편입니다.

보통 자정 무렵에 마감을 하는데 저녁이 되기 전까지는 무슨 글을 쓸지 모릅니다. 저녁부터 시작될 고난에 관해서 낮에는 생각하지 않습니다. 미리 스트레스받아봐야 좋을 거 없으니까요. 스트레스받지 말라는 말만큼 공허한 말이 없긴 합니다. 위경련을 진단한 내과 의사 선생님들이 자주 하는 말이죠. 누군들 받고 싶어서 받겠습니까. 스트레스를 자유자재로 컨트롤할 수 있는 사람이 얼마나 있겠어요. 하지만 마감의 압박에 관해서라면 저는 점점 덜 짓눌리는 사람이 되어온 것 같습니다. 마감을 너무 많이 하다보니 그렇게 되었습니다. 그렇다고 해서 쓸 때 괴롭지 않은 건 아닙니다.

늦어놓고 말이 많았습니다. 다음부터는 마감에 늦지

않겠습니다.

insiders라는 아이디의 출처를 알려주셨는데요. 정말 별거 없군요. 사실 저는 선생님이 인싸인지 아싸인지에 대해서는 별로 관심이 없습니다. 선생님의 사회적 지위에서 아싸여봤자 얼마나 아싸일 수 있겠습니까. 제가 주목하는 부분은 선생님의 무심함입니다. 열네 살에 만든 아이디를 마흔 살 무렵까지 쓰고 있다니…… 그동안 딱히 바꿀 생각이 들지 않았던 거겠죠. 귀찮기도 했을 테고요. 그 결과 중학생 때의 아이디로 동료 작가에게 놀림을 받는 중년이 되셨습니다. 무심한 선생님을 위해 새로운 아이디 후보들을 제안해봅니다.

1. dr.wr.nk (의사 겸 작가 남궁)

2. chekhov21 (21세기의 안톤 체호프)

3. southpalaceman (남궁인, 남쪽 궁전에 사는 사람)

4. sparebowman (남궁인, 남은 활을 쏘는 사람)

5. othersneedyman (남궁인, 남들을 몹시 필요로 하는 사람)

맘에 드시는 것이 있다면 별도의 허락 없이 사용하셔

도 됩니다.

선생님의 리액션에 대해서도 생각해봤습니다. 선생님은 상냥한 의사입니다. 하지만 위로가 필요한 애인에게 교양 있는 현대 서울 말씨로 "참 좋지 않은 일이었겠구나"라고 리액션하는 선생님의 모습 또한 선명하게 그려집니다. 이상한 방식으로 고유한 그 어투를 '휴먼남궁체'라고 정의하고 싶군요.

휴먼남궁체는 친절하고 정중하지만 일면 매우 태연합니다. 내 슬픔과 함께 흔들리는 어투가 아니죠. 진정성을 의심받는 건 당연합니다. 선생님은 응급실에서 험한 일들을 너무 많이 겪은 나머지 웬만한 좋지 않은 일은 대수롭지 않게 여기게 된 사람일지도 모릅니다. 하지만 나로 인해 상대가 놀라거나 흔들리거나 무너지는 걸 보며 얻는 커다란 만족감이 연애에는 있지 않습니까. 너무 태연한 상대의 얼굴을 보면 멱살을 잡고 싶어지죠. 좀 파괴적인 이 속성이 때때로 즐겁지 않으신가요. 파괴만큼이나 회복도 잘되는 곳이 연애의 시공간이잖아요.

호기심에 관해 물어보셨지요. 제가 가장 궁금해하는 사람은 애인입니다. 이 사람을 더이상 궁금해하지 않는 미래를 지금으로써는 상상하기 어렵습니다. 특히 궁금한 건 그의 늙은 모습입니다. 지금과는 또 다르게 멋질 것으로 짐작됩니다. 더 나이든 그와도 친구할 수 있는 행운이 저에게 주어지기를 소망하고 있습니다. 선생님이 말씀하신, 평생 한 사람을 깊게 탐구하는 행운이요.

하지만 연애 말고도 다양한 만남이 있고 애인 말고도 궁금한 사람은 아주 많습니다. 제가 모르는 걸 알고 있는 사람들이 세상에는 수두룩합니다. 그들이 왜 궁금하냐고 물어보시는 거라면 배우는 걸 좋아하기 때문이라고밖에 말할 수 없을 것 같습니다. 배우지 않는 상태의 저는 너무나 시시합니다.

아무래도 자신의 사연이 소진될 때가 글쓰기의 진정한 시작일 거라고 선생님은 말씀하셨지요. 자신의 세계를 확장할 의무가 작가들에겐 있다고도 하셨고요. 물론입니다. 저는 저를 잘 궁금해서 겨우 데뷔를 한 것 같습니다. 그러다가 저 아닌 것을 진심으로 궁금하게 되어서 작가 생활이 이어지고 있는 것 같습니다. 자신에 대한 궁금함만으로는 100편 이상의 글을 쓸 수가 없기 때문입니다. 장르를 이동하기도 어렵고요. 데뷔작 이후 인터뷰를 쓰기 시작한 건 저로서는 당연한 수순이었을지 모릅니다. 잘 묻고 잘 듣는 것이 선행되지 않으면 잘 쓸 수도 없다는 걸

고통을 공부하느라 고통스러운 남궁인 선생님께

알게 된, 스스로에게 별 밑천이 없다는 걸 알게 된 사람의 움직임입니다.

그러니까 저는 궁금해하지 않으면 끝장입니다. 중요한 이야기를 품은 자들의 친구가 되는 것만이 저의 살길입니다. 그들에게 질문하고 보고 들은 뒤 또다른 좋은 이야기로 완성하는 작업을 잘해내고 싶습니다. 이런 저를 위해 호모 큐리어스Homo curious라는 말을 만들어봤습니다. 호모 큐리어스는 좀 투명해야 하고 꼬이지 않아야 하고 체력도 좋아야 합니다. 물론 셋 다 잘 되지 않는 날들도 있는데요. 그런 날에도 좋은 이야기는 저를 바꿔놓습니다. 수많은 사람들처럼 저도 우정과 함께 변할 수 있는 사람이기 때문입니다. 우정의 범위는 갈수록 커다래지고 있습니다. 가까운 대상, 먼 대상, 만나본 대상, 만나보지는 않았지만 자꾸 마음에 걸리는 대상, 오래 산 대상, 짧게 산 대상, 사람 아닌 대상, 이미 세상을 떠난 대상…… 이렇게 적고 나니 우정의 능력이야말로 작가들이 갈고닦아야 하는 무언가처럼 느껴집니다.

이 서간문을 통해서도 우리는 우정을 배우고 있군요. 선생님은 저의 유일한 의사 친구라 저는 의사만 보면 남궁인 선생님과 무엇이 다른지 생각하게 됩니다. 최근엔 미국 드라마 〈하우스〉를 다시 보고 있어요. '하우스'라는 이름의 의사가 주인공으로 나오는 드라마인데요. 선생님은 메디컬드라마를 전혀 보지 않는다고 하셨죠. 현실과 너무 달라서요. 저로선 그 갭을 잘 모르기 때문에 몰입하는 데 별다른 방해를 받지 않고 〈하우스〉를 볼 수 있습니다. 하우스는 놀랍도록 탁월한 진단 능력을 가진 의사지만 남궁인 선생님과 달리 몹시 불친절하고 까칠합니다. 거의 괴팍하다고 할 수 있을 정도입니다. '휴먼괴팍체'로 환자들을 응대하며 이런 말을 합니다. 죽을 뻔한 것으로는 아무것도 바뀌지 않는다고. 죽음만이 모든 것을 바꾼다고.

하지만 남궁인 선생님의 편지를 읽으면서는 그런 생각을 했습니다. 죽음으로도 바뀌지 않는 일들 또한 아주 많다고요.

텔레비전에서 선생님을 자주 본 요즘입니다. 전혀 행복하지 않은 일에 관해 증언하셨지요. '피가 거꾸로 솟았다'는 표현과 함께요. 커다란 슬픔이나 분노 앞에서 우리는 신체를 은유로 쓰는 말들을 합니다. 목놓아 울었다거나, 비위가 상했다거나, 간담이 서늘했다거나, 숨통이 조여진다거나…… 그렇게 몸의 느낌을 최대한 동원해서 표현해도 다 전해지지 않을 만큼의 불행을 저는 선생님만큼 많이 알지 못합니다.

다만 선생님의 말을 통해 선생님 앞에 놓였던 몸을 흐릿하게 상상할 수 있습니다. 응달에 남겨진 사람들의 몸을요. 선생님은 그런 몸들을 날마다 수백 명씩 보실 텐데요. 의사란 한 사람이 감당할 수 있는 불행의 양을 초과하는 직업일 거라고 문득 생각했습니다. 선생님은 가혹하리만치 고통을 공부하는 자리에 서 계십니다. 응급실에서 겪은 일을 어디까지 말해야 하는지, 어떻게 말해야 하는지 고민하는 것 역시 그 공부의 연장선이겠지요.

텔레비전에서 선생님을 보면 가끔 제 마음이 불안합니다. 말을 많이 한 날, 특히 커다란 매체를 통해 내 말이 확대재생산된 날에 저는 잠이 안 오던데요. 선생님은 괜찮으신가요? 주워담고 싶은 말은 없으신가요? 후회로 뒤척이는 밤에, 무슨 생각을 하시는지 궁금합니다. 궁금하면서도 알기 조금 두렵습니다.

선생님은 저의 호기심이 빛난다고 말씀해주셨지만 저 역시 알고 싶은 만큼만 알며 살아갑니다. 사실 우정의 범위를 넓힌다는 건 고통스러운 일입니다. 우정에는 연민도 따르고 수고도 따르잖아요. 좋아하는 만큼 마음이 아플 테고요. 이전부터 고통스러웠던 이들이 더 고통스러워지는 이 시대에는 더욱 그렇습니다. 저의 체력과 능력으로 감당할 수 없는 이야기 앞에서는 그저 입을 다물 뿐입니다. 눈도 잘 안 마주치죠.

그러나 아무도 행복해지지 않는 일이 세상엔 너무 많다는 걸 잘 알아서, 어떤 날에는 그다지 행복하고 싶지 않다는 남궁인 선생님에 대해서는 자꾸 생각하게 됩니다. 선생님을 만나 웃고 떠들다가 돌아선 뒤에도 무언가가 마음에 걸립니다. 선생님은 멀쩡하지만…… 멀쩡하지 않으니까요.

너무 많은 고통과 가까이에 있는 선생님께 이수명 시인의 문장을 전하고 싶습니다.

한 고통에 묶여 다른 고통으로부터 자유로워진다.[*]

여러 고통에 끊임없이 사로잡히는 동시에 이 고통에서 저 고통으로 옮겨가며 자유롭기도 하실 거라고 집작합니다. 선생님이 하나의 고통을 벗어난 뒤 들려주시는 이야기로부터 늘 무언가를 배웁니다. 궁금하지 않았던 일들이 궁금해졌습니다. 죄다 만만치 않은 이야기들이지

---

[*] 이수명, 「슬픔」 중에서, 『새로운 오독이 거리를 메웠다』, 문학동네, 2020.

만, 선생님을 만나지 않았다면 결코 알 수 없었을 것들입니다.

선생님이 겪는 일들을 어깨너머로 바라보며, 쾌락도 고통도 정교하게 이야기하는 사람이 되고 싶습니다.

2021년 2월 7일

고통을 공부하느라 고통스러운 선생님과 친구여서 기쁜

이슬아 드림

저는 궁금해하지 않으면 끝장입니다.

중요한 이야기를 품은 자들의 친구가 되는 것만이

저의 살길입니다.

이런 저를 위해 호모 큐리어스Homo curious라는 말을

만들어봤습니다.

호모 큐리어스는 좀 투명해야 하고

꼬이지 않아야 하고 체력도 좋아야 합니다.

남
궁
인

×

발목이 묶여도 끝내 넘어지지 않는
이슬아 작가님께

×

이
슬
아

지난번 편지에서 새해 인사로 말문을 열었는데 또다시 새해입니다. 저는 당직을 마치고 돌아와 다음 당직까지 외출하지 않는 연휴를 보내고 있습니다. 또다시 작가님께 복된 새해를 빌며 시작합니다. 답장은 언제나 늦어도 괜찮습니다. 마감이라는 조물주 앞에 언젠가는 편지가 도착할 것을 믿기 때문입니다. 그러고 보니 이 서간문은 2인조 계주 팀 같기도 합니다. 서로의 일상에서 시간을 덜어내 서로의 일상으로 도착하는 일이네요. 이 일은 왠지 이인삼각 같기도 합니다. 우리는 같이 발걸음을 옮겨 어딘가로 나아가고 있기도 하니까요. 갑자기 작가님과 제가 서로 오른 발목과 왼 발목을 묶고 영차영차 뛰어가는 상상을 해봅니다. 만인이 배꼽을 잡고 크게 폭소를 터뜨리고도 한 달쯤은 넉넉히 유쾌할 그림이군요. 어색하기 짝이 없으니 우리는 실제로 발목 따위는 묶지 않기로 합시다.

저는 당연히 〈일간 이슬아〉의 맹렬한 구독자입니다. 매일 마감하는 글을 왠지 제게 개인적으로 보내는 서신의 느낌으로 받아보고 있습니다. 눈물이 나거나 축복이거나 족을 치거나 춤을 추다가 끝내 미친 것처럼 보이는 작업에 경의를 표합니다. 사실 많은 글쓰기 노동자나 창작자는 〈일간 이슬아〉를 보면서 비슷한 생각을 할 것입니다. '나도 해볼까?'라고요. 물론 저 또한 비슷한 생각을 했습니다. '콱 〈일간 남궁인〉을 시작해보고 싶다……' 그리고 실제로 필요한 몇 가지를 알아보기도 했습니다.

첫 발상은 제 개인적인 서사 때문입니다. 〈일간 이슬아〉 초반에 가장 유명한 캐치프레이즈는 이랬습니다. "아무도 안 청탁했지만 쓴다!" 물론 지금 작가님은 저희 어머니가 보아도 누가 시켜서 쓰는 모습이지만, 그때의 작가님은 일기장을 만인에게 전송하는 기분이었겠지요. 놀랍게도 그 시절의 글은 '갱갱갱신'해나가야 할 대상이 되었고요. 저 또한 글쓰기의 8할은 싸이월드에서 '인싸이더'라는 아이디를 쓰던 사람이 쌓았습니다. 그는 누가 시키지 않아도 매일 밤 방으로 돌아와 불을 끈 채 미니홈피 BGM을 틀어놓고 하얀 화면을 노려보았습니다. 잠들기 전까지 무엇인가 쓰겠다고 생각하면 신기하게도 어떤 것이든 써졌습니다. 한 손으로 충분히 셀 수 있는 독자만이 그 글을 보았지만, 아무것도 없는 제게서 무언가 새로운 존재가 탄생한다는 데 삶의 희열을 느꼈습니다.

하지만 〈일간 이슬아〉와 '일간 인싸이더'의 퀄리티는 중국과 리히텐슈타인의 인구만큼이나 차이가 났습니다. 제 글은 너무 엉망진창이라 한국어 사용자더러 읽으라고 작성된 것인지도 애매했습니다. 거기엔 그가 근래 공부하는 외국어와 일주일간 읽었던 소설, 철학 개론서, 시집에서 차용한 단어와 의학 용어가 무작위로 출연해서 현대시의 형태를 이룹니다. 매일 집으로 돌아가 어떤 가치도 없고 아무도 이해하지 못할 글을 써내고서야 잠드는 사람이 '인싸'였을 리도 없겠지요. '아싸'도 아니라 그냥 미친 사람에 가까웠습니다. 아니면 자의식이 화산처럼 폭발해서 일본열도 같은 것을 만들어내는 사람이었을지도 모릅니다. 그는 친구들과 놀러가 술을 마셔도 이 순간을 시로 남겨야겠다면서 노트에 적어댔습니다. 보잘것없는 단상이 기록되지 않고 지나가는 일에 발을 구르던 미련한 존재였습니다.

그것들은 매우 단호한 '갱신'이 필요했습니다. 그중에서 병원 이야기만 골라 훗날 모조리 뒤집어서 처음부터 다시 쓴 것이 『만약은 없다』였습니다. 대신 저는 그 다이어리에서 "나는 분명히 죽으려 한 적이 있다" 같은 문장 몇 개를 건졌습니다. 그럼에도 누가 시키지 않아도 불을 꺼놓고 '자신의 우울을 어떻게든 멋지게 포장'하려 애쓰는 아이디 '인싸이더'의 사내라니요. 소름이 돋습니다. 덕분에 데뷔 이후 한동안 '마감 괴물'의 시절을 보냈습니다. 일주일에 열 개까지 마감해본 적이 있을 정도입니다. 글을 쓰기 시작한 이래로 대부분의 날들을 매일 글 한 편씩 완성해야 잠이 드는 버릇 때문에 가능했습니다. 지금은 글쓰기의 세계에서 산전수전을 다 겪고 간신히 마감을 막 아내고 있지만요. 그렇게 저는 마음대로 옛날의 저를 거울로 비추어보고는, 이미 고갈되어버린 듯한 나에게서 무엇인가 계속 탄생하는 기쁨이 작가님에게 있는 것이라고 생각합니다. 그 증명이 제가 매일 받아보는 연재물이겠지요. 여전히 〈일간 이슬아〉와 '일간 인싸이더'의 퀄리티엔 인도와 바티칸시국의 인구만큼 간극이 있을지라도요.

치열하게 글을 썼던 시기를 언급하고 지금의 나태함까지 고백하니, 누구에게나 존재할 수밖에 없는 '라떼'를 떠올립니다. 얼마 전 저는 『사람을 살린다는 것』(엘렌드 비세르 지음, 황소자리, 2021)이라는 책에 추천서문을 길게 썼습니다. 이 기획은 네덜란드에서 시작되었는데, 여러 의료진이 돌아가며 '인생에서 가장 기억에 남는 환자'의 이야기를 고백합니다. 저는 처음으로 혼자 사망선고를 한 일에 대해서 썼습니다. 제가 먼저 말해놓고 당직실에서 혼자 크게 울고 나와야 했던, 의사가 된 지 고작 두번째 해의 이야기였지요. 벌써 10년이 넘어가는 일이네요. 그리고 이어지는 50여 명의 의료진이 털어놓는 시기는 거의 비슷했습니다. 의료인이 되고 얼마 지나지 않았을 무렵의 젊은 시절 이야기였습니다. 그러니까 화자가 고령일수록 '가장 인상 깊은 기억'은 오래전으로 거슬러올라갑니다. 『만약은 없다』의 주축도 그 시기입니다.

흥미롭게도 얼마 전 그 기획을 한국에서도 진행하기 위해 한 일간지의 본부장님을 만났습니다. 초면임에도 그분은 대단히 젠틀하고 좋은 분임을 알 수 있었습니다. 말씀하시는 내용이나 어투도 언제나 정중하셨지요. 그리고 본부장님은 한 시간 정도 되는 점심시간 동안 "이런 얘기를 덧붙여 죄송하지만"으로 서두를 여는 '라떼는'을 세 번 하셨습니다. 좋은 말씀이었습니다만, 그 '죄송'들 또한 복기하는 시간과 현재의 격차를 말해주고 있었지요. 우리의 뇌리에 각인되는 빛나는 시간은 정해져 있는 것일까요.

얼마 전 〈일간 이슬아〉의 '라떼는'을 보고 새삼스럽게 낯선 기분이 들었습니다. 1992년생 이슬아의 '팡팡 노래방 썰'과 '2006년 여자 사생장 구령대 썰' 같은 것이었는데요. 그때 저는 이미 대륙 횡단을 몇 차례 마치고 평생 방랑자나 여행작가로 살기를 꿈꾸고 있었는데…… 그 이야기를 하자면 무한한 '라떼'의 여정이 시작되니 생략하겠습니다. 하여간 우리는 늘 뜯어먹고 살 과거가 필요한 것일까요. 그리고 그 찬란한 시간은 우리에게 다시는 오

　　　발목이 묶여도 끝내 넘어지지 않는 이슬아 작가님께 ──────

지 않는 것일까요. 저는 빛나는 시간들을 이미 모조리 탕진했다고 생각합니다. 그것들은 되돌릴 수 없으니 아무리 찬란했어도 죽어버린 것입니다. 이렇게 생각하면 무엇이든 아쉽지 않습니까? 그리고 뇌리에 박힐 순간임을 인지한다면 우리는 더욱 치열하게 살아가는 수밖에 다른 도리가 없지 않을까요? 하지만 그것은 그저 그런 어른이 되어가는 일이 아닐까요? 이런 생각을 하다보면 지금 어떤 순간을 살아야 할지 고민에 빠집니다.

저 또한 버리고 싶은 '인싸이더'를 대체할 아이디를 골라주셔서 감사합니다. 정확히 무심함이자 귀찮음의 소산입니다. 하지만 이름에 들어가는 '궁'이라는 글자 때문에 '궁궐'이나 '활과 화살'을 연상시키는 별명이 붙었던 일은 이미 학창 시절에 졸업했습니다. 사실 더 자주 붙었던 것은 '궁뎅이'입니다. 학령기 아이들의 상상력은 한계가 있습니다. 명절에 학령기 '남궁'씨 사촌 열 명을 모아놓고 "궁뎅아"라고 크게 외치면 모조리 예외 없이 다 돌아보는 장면을 보신 적 있습니까. 이름자에 있는 '궁'을 이용한 무엇인가는 지긋지긋합니다. 그렇다고 1번과 2번은 자아가 너무 충만해서 부끄럽습니다. 또한 아이디에 '의사 겸 작가'나 '안톤 체호프'를 언급할 배짱은 없습니다. 사실 작가님은 '남들을 몹시 필요로 하는 사람'으로 정해주고 싶었던 것이겠지요. 외로움을 갈구하는 것처럼 보이지만, 저야말로 남들이 누구보다도 필요하니까요. 5번, othersneedyman을 대체 아이디로 진지하게 고려하겠습니다.

문득 근황조차 알 수 없는 옛 애인들이 생각납니다. 저는 모두를 진심으로 궁금해했습니다. 그들의 이야기를 듣고 또 들어서 점차 반복되고 있다고 생각될 때 저는 더 깊은 사랑을 느꼈습니다. 이제 평생 새로운 일을 같이 경험하면서 평온하게 탐구해갈 시간만 남았다고 생각했으니까요. 그것이 제가 바라는 행운이었기에 작가님께 물어보았습니다. 하지만 막상 저는 누구도 제대로 알지 못했습니다. 지금은 그들의 근황조차 알 수 없다는 것이 그 증거이지요. 사실 저 또한 너무 부족한 사람이라 많은 것들을 궁금해했습니다. 책을 읽으며 글쓴이를 궁금해하고 애인과 주변 사람들을 궁금해하고 병원에서 환자들의 이야기를 궁금해했습니다. 하지만 저는 근본이 이기적이고 시시한 사람입니다. '호모 큐리어스'라기에는 불투명하고 꼬여 있고 힘에 부칩니다. 그래서 고작 애인조차 위로하지 못함을 '교양 있는 현대 서울말'을 핑계삼아 고백하고

발목이 묶여도 끝내 넘어지지 않는 이슬아 작가님께

있을지 모릅니다. 그럼에도 저는 환자 앞에서 말을 던지고 10초 정도는 가만히 생각해보는 의사입니다. 위로하지도 애써 달래지도 않고 그냥 생각합니다. 그것이 근본적으로 무심한 제게 최선이라고 생각합니다.

〈하우스〉는 의대생에게 흥미로운 드라마입니다. 저또한 조금 본 적이 있습니다. 하지만 현실에 '하우스'처럼 천재적인 괴팍함으로 모든 환자의 진단을 꿰뚫는 의사는 존재하지 않습니다. 현실에서는 끈질기고 집요하게 성실한 의사와 평범하게 성실한 의사만이 있을 뿐입니다. 그리고 그들 모두에게 패배는 공평하게 찾아옵니다. 그래서 그들 모두는 비슷하게 생각할 것입니다. 죽음과 삶은 얼굴과 뒤통수처럼 너무나 다르지만 그 결과가 반드시 유의미한 것은 아니라고요. 어떤 죽음은 많은 것을 바꾸어놓지만 어떤 죽음은 누구도 거들떠보지 않습니다. 그 사실이 신물이 납니다. 죽음에 대한 말장난까지도요. 사실 죽음에 대한 생각은 엉키고 엉켜 저 또한 잘 모르겠습니다. 너무 많은 사람들이 제게 죽음을 물었지만 저는 항상 얼버무릴 뿐이었습니다. 저는 그냥 인간이, 제 앞에 있는 환자가 죽지 않는 결과만을 추구한 사람입니다. 그렇게 일해왔을 뿐입니다. 확실히 유의미한 결과는 자신의 죽음뿐이겠지요. 나머지의 죽음에 대해 저는 답할 수 없습니다.

그동안 제 입에서 나와 숱하게 확대재생산된 그 많은 말들 중에, 단연코 제가 후회하지 않은 말은 없습니다. 저는 세상에 왜 그런 말을 던져버렸을까 생각합니다. 언젠가 김밥천국에서 혼자 라볶이를 시켜놓고 옆 테이블의 사내들이 제 이야기를 하는 것을 들었을 때, 당장 뛰어나가 차도에 몸을 던지고 싶은 기분이 들었습니다. 그것은 언제나 경솔하고 부족하고 대단히 주관적이었습니다. 세상의 많은 일에 당사자성은 그다지 용납되지 않습니다. 심지어 저 또한 당사자가 아닙니다. 말이 세상으로 번져나갈 때마다 매번 모조리 주워담아 삼켜버리고 싶습니다. 작가님처럼 그 또한 괜찮고 온전할 리 없습니다. 그래서 그런 날 밤, 생각을 깊게 하거나 오래도록 뒤척이면 위험합니다. 저는 술을 잘 마십니다. 술이라는 존재에 패배한 적은 많았지만, 앞에 있는 사람에게 술로 패배한 적은 많지 않습니다. 그럴 때마다 저는 어떤 생각도 깡그리 지워질 만큼의 술을 마셔야 잠에 듭니다. 섀도복싱shadow-boxing처럼 혼자 마시면서 주량을 넘겨야 술과의 싸움에서 패배할 수 있습니다. 이렇게 해야만 다음날 그나마 온전하게 일어날 수 있을 것 같다는 생각으로요. 어느 순간 일파만

파로 제 이야기가 퍼져나가고 있다면, 저는 그때 전화기를 꺼두고 환자를 진료하고 있거나 애써 술에 취해 사경을 헤매고 있을 것입니다.

명절을 앞두고 환자가 많았습니다. 그때는 대부분의 병원과 의사들이 쉽니다. 하지만 응급실은 쉬는 날이 없습니다. 상태가 나빠진 환자들과 상태가 나빠질 환자들이 모조리 찾아왔습니다. 출근하자마자 환자와 보호자에게 피치 못하게 욕설을 들었고, 근방의 환자를 떠맡아 새벽까지 중환자실을 거의 새로 다 채웠습니다. 명절 또한 치명적으로 외로운 날입니다. 누군가는 가족이 없거나, 그런 것이 의미가 없습니다. 한 명은 한강에 맨정신으로 떠 있었고, 다른 한 명은 한강에서 의식을 잃고 가라앉아 있었고, 다른 한 명은 약을 먹은 채 본인의 방에서 발견되었습니다. 우리는 그들 모두를 살렸습니다. 직업도 다양했고 나이도 천차만별이고 중증도도 제각각이었지만, 지독한 외로움은 같았습니다. 그중 죽음에 가장 가까웠던 사람은 한강에 가라앉아 있던 사람이었습니다. 폐에는 물이 가득차 있었고 갈비뼈는 부러졌으며 심장이 멎었다가 돌아왔지요. 그를 살리려면 정말 치열한 계산과 인공호흡기와의 집요하고 성실한 사투가 필요합니다. 우리는 그의 의지와는 반대로 밤새 싸웠습니다. 그리고 거의 하루가 지나갈 때까지 그의 신원이나 나이조차 파악하지 못했습니다. 오래도록 그는 '무명남'으로 누워 있었습니다. 아침에야 그는 간신히 돌아왔습니다. 의식을 차리고서야 그의 부모님과 겨우 통화할 수 있었습니다. 그럴 리 없다는 대답을 몇 번이고 들었습니다. 그럴 리 없겠지요. 저 또한 그렇게 생각합니다. 그럴 리 없겠지요.

　퇴근하기 직전 저는 한강에 13분간 잠겨 있었다는 그와 눈빛을 마주했습니다. 누군가에게는 그 짧은 시간이 담배 한 개비와 농담 두 개쯤의 가치를 지닐지 모르겠습니다. 아니면 치킨집에서 생맥주 500cc를 놓고 즐겁게 이야기를 나누다가 "한 잔 더요"라고 외칠 때까지의 시간이기도 하겠지요. 그 시간 동안 스스로 폐에 한강물을 집어넣는 일을 생각합니다. 그리고 CT 영상에 훤히 보이는 그 한강물을 기어코 꺼내고 또 꺼내서 그를 결국 생으로 돌려놓는 일을 생각합니다. 삽관 때문에 그는 말을 할 수 없었습니다. 괜찮냐는 말에 고개만 끄덕입니다. 기억이 나느냐는 말에는 애매하게 고개를 주억거립니다. 글쎄요. 그런 기억은 인간에게 어떤 방식으로 존재하게 될까요. 그것은 13년 같을까요. 아니면 13초 같을까요. 단언컨대 저는 그런 기억이 없습니다. 저는 언제나 당사자가 아

　　　　발목이 묶여도 끝내 넘어지지 않는 이슬아 작가님께 ────

닙니다. 그래서 모릅니다. 짐작조차 할 수 없습니다. 대신 '알겠다'고 대답하곤 10초간 서 있다가 집으로 돌아왔습니다. 세상에 거짓말은 너무 만연해 있습니다. 때때로 그것은 제 입에서 나옵니다.

누군가는 우리가 한 번도 살아보지 못한 시간을 살고 있습니다. 편지를 쓰는 지금 이 순간에도요. 그래서 저는 저를 제외한 모든 사람의 행복을 바랍니다. 하지만 제가 이것들을 마주하고 돌아와 고통스럽지 않다면 자기 회피일 것입니다. 행복하다고 말한다면 위선자일 것입니다. 부끄럽지만, 이것들을 모두가 알 필요는 없다고 생각합니다. 하지만 한강물에 폐를 담그는 고통을 궁금해하지 않는 순간부터 저는 무가치한 인간일 것입니다. 그것만은 확실합니다.

2021년 2월 11일
분명 죽으려 한 적이 있는
남궁인 드림

현실에 '하우스'처럼 천재적인 괴팍함으로

모든 환자의 진단을 꿰뚫는 의사는 존재하지 않습니다.

현실에서는 끈질기고 집요하게 성실한 의사와

평범하게 성실한 의사만이 있을 뿐입니다.

저는 그냥 인간이, 제 앞에 있는 환자가

죽지 않는 결과만을 추구한 사람입니다.

이
슬
아

×

간혹 스텝이 꼬이는 남중인 선생님께

×

남
궁
인

남궁인 선생님과의 이인삼각은 대충 상상해봐도 너무 웃기는군요. 우리는 잘해내지 못할 것입니다. 키와 보폭이 차이 나는데다가 어깨동무를 하기에도 어색하고 허리에 팔을 두르기에도 어색한 사이니까요. 하지만 만약에라도 그런 순간이 온다면 제 안에서 뜨끈뜨끈한 승부욕이 발동할 게 분명합니다.

다시 생각해보니 우린 좋은 팀일 수도 있겠습니다. 둘 다 잘 뛰잖아요. 거만한 저는 선생님에게 무조건 제 발걸음에 맞춰 따라오라고 지시하겠죠. 친절한 선생님은 최대한 맞춰주실 테고요. 주도권을 5:5로 나누면 아름답고 공평하겠지만 이인삼각은 그런 게임이 아닙니다. 서로 너무 배려하면 죽도 밥도 안 되죠. 둘 중 한 사람이 치고 나가야 합니다. 더 용감한 사람의 맹렬한 기세를 덜 용감한 사람이 충실하게 따르는 것이 이인삼각의 필승 비결입니다. 우리 둘의 사회적 지위와 나이, 지정 성별, 체구, 연봉 등을 고려해봤을 때 선생님보다는 제가 치고 나가는 것이 밸런스가 맞습니다. 저의 기세를 그저 겸허히 따르십시오. 혹시나 진짜로 발목을 묶게 된다면 말입니다.

새삼스럽지만 〈일간 이슬아〉를 꾸준히 구독해주셔서 고맙습니다. 창간호 때부터 읽어주셨지요. 읽어주신 분들 덕분에 전업 작가가 되었습니다. 고단하지만 꿈만 같은 일이에요. 선생님 계신 쪽으로 큰절 올립니다.

그런데 애석하게도 우리 사이에 또 오해가 있습니다. 이번 〈일간 이슬아〉에서 '라떼는'을 봤다고 쓰셨지요. 정정하건대 저는 '라떼는'을 쓴 적이 없습니다. 과거의 나를 회상하는 것만으로 '라떼는'이 성립되지는 않으니까요. 아시다시피 '라떼는'의 핵심은 어떤 이가 자신보다 덜 오래 산 사람 앞에서 과거의 무용담 혹은 고생담을 늘어놓으며 상대방 인생의 경험치를 일면 축소하는 말하기 방식이잖아요. 경험의 양이나 길이로써 대화의 우위를 점하려는 태도가 '라떼는'을 '라떼는'으로 만듭니다. 과거 이야기를 하는 것 자체는 문제가 없죠. 세상 모든 이야기는 과거로부터 도움을 받아 탄생합니다. 언급하신 「세월과 노래」라는 글에서 저는 노래라는 게 얼마나 기억을 뒤죽박죽 휘젓고 연결시키는지 이야기했습니다. 노래가 가진 막강한 힘을 설득하기 위해 2003년 팡팡 노래방과 2006년 여자 기숙사를 잠시 소환했고요. 그것을 '라떼는' 서사라고 보기는 어렵습니다. 제 인생의 경험치를 다른 사람의 경험치와 비교하지 않았기 때문입니다. 그 글에서 '라떼는'의 함량은 0%에 가깝습니다.

하지만 선생님이 그 글을 읽고 저에게 시전하시려던 것은 '라떼는'이 맞습니다. "그때 저는 이미 대륙 횡단을 몇 차례 마치고 평생 방랑자나 여행작가로 살기를 꿈꾸고 있었는데……"라고 쓰셨지요. '이미'라는 단어가 이 문장을 완벽한 '라떼는'으로 만듭니다. 물론 저는 선생님의 대륙 횡단 이야기가 궁금합니다. 방랑자를 꿈꾸는 모습은 좀 지루해서 안 궁금하지만 친구가 먼 곳에 다녀온 이야기를 듣는 것은 좋으니까요. 언제든지 들려주셔도 괜찮습니다. 다만 제 글이 '라떼는'이었다고 말하지는 마십시오. 모처럼 빛나는 인물들을 대거 등장시킨 아름다운 글이었는데 고작 '라떼는'으로 받아치시다니. 첫번째 편지에서의 불호령을 다시 한번 쩌렁쩌렁하게 반복하지 않을 수 없네요. 제 글을 제대로 읽으신 것 맞습니까? 숱한 오해로 점철된 독자편지와 항의메일을 날마다 받는 게 저의 일상이지만, 다른 사람은 몰라도 선생님까지 그러시면 안 됩니다. 저의 이인삼각 동료이시잖아요. 선생님이 엉뚱한 스텝을 밟으면 제 스텝도 꼬이므로 확실히 정정해봅니다.

적고 보니 약간 까칠했네요.

크게 중요한 문제도 아닌데 말이에요.

잠이 부족해서 그렇습니다. 인터넷을 통해 좋은 말도

간혹 스텝이 꼬이는 남궁인 선생님께

나쁜 말도 잔뜩 들으며 연재를 이어가는 중인데요. 전업 작가란 꿈만 같은 일이지만 가끔은 정말 환장하겠습니다. 하지만 선생님은 분명, 저보다 더 심한 말을 들으시겠죠. 인터넷이 아닌 현실의 응급실에서요. 어쩌면 멱살을 잡힌 적이 있으실지도 모르겠습니다. 울면서 항변하는 사람들의 얼굴도 수없이 마주하셨을 것만 같습니다. 그런 생각을 하니 아찔해지고 숙연해집니다. 모든 직업이 고달프지요. 어떤 직업은 특히 더 고달프고요. 오늘도 고달프게 일하고 돌아오셨을 선생님께 친절과 기품을 잃지 않기 위해 잠시 눈을 붙이고 돌아오겠습니다.

(두 시간 뒤)

안녕하세요. 아까보다 친절하고 기품 있는 이슬아입니다. 짧게라도 자고 일어나자 그렇게 되었습니다. 피로가 풀리니 점점 기억나더군요. 선생님의 지난 편지에 아름다운 문장 또한 얼마나 많이 적혀 있었는지. 그렇게 좋은 편지에 까칠하게 응수해서 죄송합니다. 저는 피곤할 때 어리석어지네요. 체력이 인품이라는 생각이 듭니다. 더 튼튼해지고 싶어요. 바쁠 때에도 상냥함을 잃지 않고 싶으니까요. 선생님처럼요.

고작 '라떼는'을 가지고 따박따박 따졌지만 사실은 어른들의 말을 듣는 걸 좋아합니다. 어린이들의 말을 듣는 것만큼이나요. 또한 '라떼는'식의 말하기가 언제나 별로인 것도 아님을 알고 있습니다. 박완서, 사노 요코, 토니 모리슨 등 유구한 세월을 온몸에 간직한 선생님들이 세상으로 돌아와 '라떼는'으로 시작하는 이야기를 들려주신다면 저는 그 앞에서 무릎을 꿇고 모든 말을 받아적을 것입니다. 선생님이 소개해주신 응급실 청소노동자 이순덕 님의 이야기도 그랬고요. 물론 남궁인 선생님의 과거 이야기에서도 제가 배울 것들이 많겠지요.

그런데 말입니다. 과거 속 남궁인 선생님은 도대체 왜 자꾸 불을 끈 채로 글을 쓰시는 겁니까?

시력에 좋지 않습니다. 정서에도 딱히 좋을 것 같지는 않고요. 요즘도 불을 끄고 집필하신다면 그러지 마십시오. 은은한 주광등 조명을 권유해드립니다. 하지만 쇼핑에 무심하시죠. 구매를 미루실 게 분명합니다. 말 나온 김에 하나 사서 보내드리겠습니다. 남궁인 선생님을 생각하며 제가 고른 제품은 완벽한 구 모양의 보름달 조명입니다. 밝기 조절은 9단계에 걸쳐 가능하며 색깔 조절은 무려 열여섯 가지나 옵션이 있습니다. 글을 쓸 때에는 조명을 9만큼 밝게 켜두시는 것이 좋겠습니다. 쓸 글이 없고 그저 슬프기만 한 날에도 아예 다 끄지 마시고 최소한 1만큼은 켜두세요. 밝기가 1인 것과 0인 것은 천지 차이이기 때문입니다.

오늘은 〈출발! 비디오 여행〉을 보았습니다. 저는 텔레비전을 잘 보지 않지만 일요일 점심에 방영하는 〈출발! 비디오 여행〉만은 챙겨보는 편입니다. 29년째 방영중인 프로그램이죠. 엄청나게 재밌지는 않습니다. 엄청나게 탁월하지도 않죠. 그저 몹시 꾸준하고 평이하고 안정적인 즐거움을 줘요. 그런 즐거움을 기복 없이 준다는 게 얼마나 어렵고 대단한 일인지 압니다. 제가 사수하고 싶은 행복은 그런 모양입니다. 사랑하는 사람과 일요일 점심마다 〈출발! 비디오 여행〉을 보는 시간 말이에요. 어떤 월화수목금토요일을 보냈건 간에 일요일에는 늦잠을 잔 뒤 천천히 아침을 먹고선 후식과 함께 텔레비전 앞으로 가고 싶습니다. 오래된 MC들의 싱거운 개그에도 웃음이 날 것입니다. 다 보고 나면 옆 사람도 저도 스르륵 잠이 들겠죠. 꿈에선 여러 영화가 섞일 테고요. 낮잠에서 깬 뒤엔 부은 눈으로 서로에게 물어봅니다. 무슨 꿈 꿨냐고. 그럼 잠냄새를 폴폴 풍기며 각자 호소합니다. 방금 꾼 꿈이 얼마나 무섭거나 이상했는지. 다행히 그것은 모두 꿈입니다.

저에게 〈출발! 비디오 여행〉은 이런 시간까지 포함된 무엇이에요.

누군가의 이야기를 듣고 또 들어서 점차 반복되고 있다고 생각될 때 더 깊은 사랑을 느꼈다고 말씀하셨지요. 저는 얼마든지 반복되어도 좋을 듯한 일요일 오후마다 그런 사랑을 느꼈던 것 같습니다. 평생 같이 경험하며 평온하게 탐구해갈 일만 남아 있기를 저 역시 소망했습니다. 과연 그런 행운이 우리에게 주어질까요? 부디 그랬으면 좋겠지만 어차피 우리는 모두를 잃습니다. 아무리 가까운 사람도 결국 다 상실시켜버리는 게 시간이잖아요. 그 사실은 저를 허무하게 만든다기보다는 더욱 절절하게 만듭니다. 선생님 말대로 무엇이든 아쉬워집니다. 이미 여러 번 반복한 일요일 오후에 옆 사람을 있는 힘껏 껴안아보는 것도 그래서겠죠. 내일이면 영영 헤어질 것처럼요.

내일 헤어지지 않더라도 언젠가는 이 모든 게 끝날 텐데요. 마지막엔 모두가 죽을 게 분명한 세상에서 최대한 많은 이를 늦게 죽도록 만드는 것이 남궁인 선생님의 일이군요. 선생님은 앞에 있는 환자가 죽지 않는 결과를 12년째 추구하고 계십니다. 때로는 환자의 의지와 정반대로 싸우면서요. 죽음이 뭔지 모르겠다고 하셨지요. 저

간혹 스텝이 꼬이는 남궁인 선생님께

도 그렇습니다. 죽어보지 않아서 모릅니다. 죽는 것보다
사는 게 더 나은지도 확신할 수 없습니다. 그러면서도 늘
살고 싶었어요. 죽고 싶지 않았습니다. 선생님은 분명 죽
으려 한 적이 있다고 말씀하셨지요. 그때 진짜로 죽지는
않아서 정말 다행이라고, 이 편지를 쓰는 내내 생각했습
니다.

저는 남궁인 선생님이 살아 있는 게 너무 좋기 때문
입니다.

편지를 기다리고, 읽고선 따박따박 따지고, 그러다
사과하고, 하나의 글 안에서 여러 인격을 들키고, 놀리고,
조롱하고, 걱정하고, 선물하고, 소중한 이야기 중 하나를
꺼내놓고, 그에 따르는 슬픔도 덧붙이고, 금세 농담을 하
고, 편지를 보내고, 또다시 답장을 기다립니다. 선생님이
살아 있어서요. 만나보지 못한 사람의 얼굴도 상상합니
다. 한강에 13분간 잠겨 있었다가 생으로 돌아온 사람의
알 수 없는 표정 같은 것을요. 그의 13초와 13분과 13년을
헤아리다가 아득해집니다. 그 앞에 10초간 서 있다가 집
으로 가는 선생님을 상상해도 아득해져요. 선생님은 저보
다 9년 먼저 태어났는데 가끔은 90년 넘게 산 것처럼 지

쳐 있습니다. 너무 많은 고통과 죽음을 봐서 그런 것 같습니다. 그런가 하면 열아홉 살 때 할 법한 말실수를 내뱉고 후회하기도 하시지요. 제가 비슷한 이유로 후회하듯이요.

그 모든 선생님의 일부를 목격할 수 있어서 영광입니다. 저에게 선생님은 아주 복잡한 의사 겸 작가이고 가능성의 수호자입니다. 선생님이 소생시키는 무수한 가능성, 아름답기도 끔찍하기도 아무렇지 않기도 한 그 모든 가능성은 결국 삶을 겪어낼 몸을 의미하잖아요. 몸을 살리는 일의 기술자라는 건 굉장합니다. 온갖 고통 속의 몸들을 살리고 돌아와서 자고 일어난 뒤 길고 수많은 글을 완성하는 것도 굉장하고요. 그런 선생님께 '라떼는'으로 시작되는 이야기쯤 듣고 또 들을 수 있다고 이제는 생각합니다.

"이미 고갈되어버린 듯한 나에게서 무엇인가 계속 탄생하는 기쁨"은 선생님이야말로 잘 알고 계실 거예요. 서간문 연재를 시작한 이후 선생님 안에서 2주에 한 번씩 뭔가가 탄생되는 걸 봅니다. 이전 작품에서는 볼 수 없었던 무언가입니다. 선생님은 전에 비해 힘이 빠졌습니다. 그래서인지 전보다 더 훌륭합니다. 저는 선생님의 편지에서 지친 사람이 지니게 된 지혜를 읽습니다. 빛나는 시간

간혹 스텝이 꼬이는 남궁인 선생님께

을 모조리 탕진하셨다고 느끼는 건 스스로에 대한 오해입니다. 미중년 남궁인의 시대는 이제 막 시작되었습니다.

선생님과 주변 사람들이 부디 〈출발! 비디오 여행〉을 보다가 낮잠에 들 수 있기를 소망하는 일요일입니다. 저는 월요일부터 운동의 강도를 높이고자 헬스장에 있을 법한 랙 기구를 집에 들였습니다. 본격적인 스쿼트와 턱걸이를 위해서입니다. 각종 글쓰기에도 끄떡없는 몸을 소망하고 있습니다. 글을 쓴다는 건 당연하게도 매일 아침 일어난다는 뜻입니다. 절망의 옆구리와 뒤꽁무니를 보며 농담할 수 있다는 뜻입니다. 그러려면 근력과 체력이 필요합니다. 선생님도 부디 러닝과 조기축구를 관두지 말고 정진하시길 바랍니다. 용맹하게 뛰고 골도 많이 넣으십시오. 잘 먹고 잘 자는 것도 잊지 마시고요. 최대한 늦게 죽도록 말입니다.

삶에 시달리면서도 최고의 이야기를 모색하는 우리가 됩시다. 우스꽝스러운 이인삼각도 힘닿는 대로 계속해봅시다.

2021년 2월 21일
마찬가지로 간혹 스텝이 꼬이는
이슬아 드림

저는 남궁인 선생님이 살아 있는 게

너무 좋기 때문입니다.

편지를 기다리고, 읽고선 따박따박 따지고,

그러다 사과하고, 하나의 글 안에서 여러 인격을 들키고,

놀리고, 조롱하고, 걱정하고, 선물하고,

소중한 이야기 중 하나를 꺼내놓고,

그에 따르는 슬픔도 덧붙이고,

금세 농담을 하고, 편지를 보내고,

또다시 답장을 기다립니다.

선생님이 살아 있어서요.

남
궁
인

×

'라면'를 잊어버리는 볼트렌의 왕
이슨아 작가님께

×

이
슬
아

지난 편지에서 작가님의 마지막 조언은 최대한 늦게 죽기 위해 조기축구를 하라는 것이었습니다. 햇수로 6년간 축구장에 다니면서 생명 연장의 꿈을 품어본 적은 없었지만, 그동안 거리두기가 조금 완화되어 주말에 축구장에 나갔습니다. 非축구인의 흔한 언어 사용 습관 중 하나는 축구 앞에 '조기'를 붙이는 것입니다. 축구인은 아침잠이 없다는 편견일까요. 하지만 우리는 아침에 눈을 뜨기 벅찬 사람들입니다. 팀은 주로 주말 밤에 축구를 합니다. 나리우는 첫눈을 맞으며 밤 12시부터 새벽 3시까지 축구를 한 적도 있습니다. 지난주에는 밤 9시부터 새벽 1시까지 운동장을 뛰었습니다. 대략 자정쯤 주변을 둘러보면, 그 시간에 유니폼을 입고 뛰어다니는 스포츠가 얼마나 대중적인지 알게 되실 겁니다. 문득 새벽 3시에 축구를 하는 행위가 '조조기'축구일지도 모르겠다고 생각합니다. 아침잠은 몰라도 밤잠은 없는 사람들입니다.

　　저는 우리 팀에서 '축구를 못하는 사람'을 맡고 있습니다. 어릴 때 저는 많은 것을 과외로 배웠습니다. '국영수과사' 종합반을 다녔고, 혹시나 제가 다른 곳에 재능이 있을까봐 걱정한 어머니가 온갖 예체능을 섭렵시켰습니다. 피아노, 테니스, 수영, 붓글씨를 배웠고 서양화를 그리는 화실에 다녔으며 바이올린도 잠깐 배웠고 집에 최신형

컴퓨터를 놓고 프로그래밍도 배웠습니다. 글쓰기는 따로 안 배웠다고 말하려 했지만 논술 학원도 다녔군요. '조기' 교육은 중요하니까 상기 서술된 과목을 저는 아직도 그럭저럭 잘합니다. 아니면 적어도 몸이 기억하고 있지요. 하지만 축구만은 따로 안 배웠습니다. 헛발을 차고 쉬는 시간마다 "어머니가 어릴 때 축구를 안 가르쳐서 그렇다"고 한탄합니다. 사실 한탄을 위한 한탄이지요. 축구까지 과외를 받았다면 저는 우울한 나머지 어딘가 비뚤어졌을 것입니다.

제가 축구를 좋아하는 이유는 못하기 때문이기도 합니다. 서른이 넘어서 시작한 일을 잘하기는 어렵습니다. 같은 시간 매주 모여서 공을 차도 잘하는 사람은 계속 잘하고 못하는 사람은 계속 못합니다. 날아오는 공을 못 받거나 앞에 있는 공을 못 차거나 다리 사이로 공이 흘러가거나 가끔 무릎이나 발목이 접히면 안 되는 방향으로 접힙니다. 결정적으로 제 다리는 너무 짧습니다. 링컨은 인간의 가장 이상적인 다리 길이는 '엉덩이부터 바닥까지 오는 길이'라는 농담을 했다고 합니다. 저는 키 190센티미터가 넘었던 링컨이 오만한 사람이라고 자주 상상합니다. 그는 다리 짧은 사람의 비애를 이해하지 못합니다. 적당한 거리를 두고 지나가는 공에 아무리 다리를 뻗어도 닿지 않는 절망을 알 도리가 없습니다. 주중에 다리를 열심히 주물러도 다음주에 공은 다시 닿지 않을 예정입니다. 동무들은 유유히 골을 넣고 돌아와 저를 격려합니다. 밤잠은 없지만 예의는 충만한 동무들입니다. 그렇게 열심히 뛰고 나면 한 주간은 몸이 부서질 것 같습니다.

　침대에서 몸을 일으킬 때마다 "아이구야" 신음하며, 우리가 잘하지 못하는 모든 일은 항상 우리를 겸허한 자세로 이끈다고 생각합니다. 나아지고 달라져야 할 부분이 너무 많지만, 그걸 다 따지고 들면 새로 태어나야 하는 지경이라 그냥 최선을 다해서 열심히 임해야 하는 겁니다. 저 또한 평생 다른 곳에 재능이 있을까봐 걱정해서 많은 일을 벌였습니다만, 결국은 주말마다 못하는 일에 안정감을 느끼고 안착하게 되었습니다. 작가님과의 서간 또한 그런 것이라고 생각합니다. 작가님의 꾸짖음을 듣고 한 주간 자아 성찰에 시달렸으니까요.

　의도야 그렇지 않았습니다. 우리는 같은 시간에 존재했지만, 그 시간의 기억이 서로의 '라떼'가 되어가는 것이 신기했습니다. 그리고 까궁인(까르보나라 남궁인)이 등장해 아련한 과거와 잊혀가는 시간을 서술하고 싶었습니다. 그 근거로 발견한 것이 저보다 생물학적으로 나이 어린 작가님의 과거 회상 장면이었습니다. 하지만 또다시 급소를 맞은 느낌이 들었습니다. 엉뚱한 스텝이라는 말에 반박할 근거는 단 하나도 없었으니까요. 결과적으로 제가 언급한 것은 그레이트 갓 킹 더 제너럴 엠퍼러 '라떼'였던 것입니다.

저는 욕심이 너무 많습니다. 모든 걸 잘하는 완벽한 사람으로 보이고 싶었습니다. 그래서 너무나 열심히 살았습니다. 끝내 저는 친절해 보이고도 싶고, 외모도 괜찮아 보이고 싶고, 인내심 있게 보이고도 싶고, 안 웃기지만 웃기고도 싶고, 소탈하지만 의외의 면이 있는 사람이고도 싶고, 정중하고 예의바르지만 알고 보면 유쾌한 사람처럼 보이고 싶고, 신비롭고 유일무이한 존재이고도 싶은 괴물 같은 과욕의 사내가 되었습니다. 우스꽝스러운 강박입니다. 문득 스물두 살 때 애인이 "당신은 욕심이 너무 많아" 하면서 떠나버렸던 생각이 납니다. 그땐 욕심이 많다기보단 그냥 구려서 차였다는 사실을 알지만, 그럼에도 제가 욕심을 부릴 때마다 마법처럼 떠오르는 말입니다.

제가 교만하고 이중적인 사람임을 누구보다 잘 압니다. 저는 세상에 무심한 척하지만 누가 나를 알아주지 않을까 기웃거리면서 댓글 개수를 헤아립니다. 자랑하거나 아는 척하고 싶어 술자리에서 몇 마디 던져놓고 집에 돌아와 경솔함을 뉘우치며 이부자리에서 조기교육으로 습득한 헤엄을 치다가 잠이 듭니다. 열아홉 살이나 할 법한 실수를 하면서 작가님에게 꾸지람을 듣고, 가끔 애인에게 야단맞고 벌을 서거나 쫓겨나기도 합니다. 저 때문에 화가 난 간호사 선생님 눈치를 보다가 환자를 진료하러 복도를 돌아간 적도 있습니다. 결국 저는 누구보다 평범한 사람입니다. 다만 억울해하고 때때로 항변하고 가끔 불친절하고 실수하면서 어떻게든 나은 사람이고 싶어 노력은 해보는 사람입니다. 그래서 응급실에서나 응급실 밖에서나 부정적인 말을 들으면, 저는 제가 부족하다는 사실을 모조리 인정해버리고 맙니다. 그게 제가 하는 최선의 노력입니다. 그래서 끊임없이 부족함을 인정해야 하는 축구를 좋아하는지도, 또 이 서간을 좋아하는지도 모르겠습니다. 문득 제가 저라는 사실이 부끄럽습니다. 도망가고 싶은 기분입니다. 아, 하필 지금 출근 시간이 다 되었군요. 병원 다녀오겠습니다.

(다음날 아침)

안녕하세요. 아까보다 기품을 획득했고 대단히 많이

졸린 남궁인입니다. 사람은 왜 그렇게 많이 졸린지 모르겠습니다. 과학적으로 인체가 반드시 수면을 취해야 하는 이유는 아직 정확히 밝혀지지 않았습니다. 하지만 잠을 오래 자지 않은 사람은 기능의 많은 부분을 잃어버린 상태라고 하지요. 저는 평생 졸음을 참으며 무엇인가를 해오려던 덕분에 제 일부분을 잃어버린 느낌입니다. 그것에 명민함 또한 포함되겠지요. 그래서 제가 늘 어리석은지 모릅니다. 언제나 얻음에는 잃어버림이 동반합니다. 삶 또한 죽음이 동반하듯이요. 모든 것은 명멸합니다.

　글쓰기의 세상에서 머리를 쥐어뜯다가 병원에 출근하면 어딘가 부조화스러운 기분을 느낍니다. 당직복을 입고 임상조교수 명찰을 걸고 환자나 보호자와 대화를 나누는 저 스스로에 대한 것입니다. 저는 그날 처음 보는 사람들에게 일상적인 말을 건네는 기분이 듭니다. 하지만 제 발언은 '의사'의 말이자 '병원'의 말입니다. 그 내용 또한 정확히 검사를 지시하고 의심되는 질환을 설명하며 치료 방침을 교육하는 것입니다. 제 말을 듣는 사람들은 제가 어떤 '권위'가 있는 존재라는 것을 명백히 인지합니다. 하지만 불을 꺼둔 제 방에서의 자아는 평범함에서 크게 벗어나지 않습니다. 저는 이상한 기분이 들 때마다 환자에게 "저는 그냥 평범한 사람입니다"라고 한마디 덧붙이고 싶습니다. 하지만 직업적으로 교육받은 의궁인(의사 남궁인)이 "정신 차려"라고 맞서 소리지릅니다. 그래서 저는 병원에 다녀오면 애써 기품을 획득하고야 맙니다. 가끔 여느 의사처럼 뒷짐도 지고, 당황하지만 침착한 것처럼 보이고, 가끔 단호하게 선도 긋는 사람이 의궁인입니다. 그 또한 저는 아닌 것 같지만, 제 일부이기는 할 것입니다.

제가 조금 딱하고 부조화스러운 존재라는 사실을 눈치챈 사람은 많았습니다. 제가 세상에 남겨놓은 많은 흔적을 조금만 따라다녀보면 쉽게 짠내부터 맡을 수가 있습니다. 저를 긍휼히 여긴 어떤 분께서 이미 제 시력과 정서를 걱정해 작가님이 보내주신 것과 똑같은 디자인의 달을 보냈습니다. 그건 이미 제 방에서 은은한 주광색 빛을 발하고 있습니다. 괜히 혼날까봐 비밀로 했지만 이전 편지 또한 하나의 달 아래에서 작성된 것입니다. 이제는 쌍달이 되었습니다. 달이 두 개 뜨면 천재지변이 일어난다는 말이 있지 않나요? 하지만 고작 제가 방에 달을 두 개 켰다고 세상에 무슨 일이 일어날 것 같지 않습니다. 또한 원래 있던 달은 색깔이 세 가지뿐이지만, 작가님이 보낸 달은 열여섯 가지 색깔입니다. 마흔여덟 가지의 조합에 눈알이 핑글 돕니다. 두 개의 달이 뜬 방에서 사이키 조명처럼 빛을 바꿔가며 다채롭게 열심히 쓰겠습니다. 감사합니

'라떼'를 엎어버리는 불호령의 왕 이슬아 작가님께 ────

다. 0과 1뿐인 세계에서 2의 세계로 넘어가게 해주셨습니다. 언제나 작가님은 제 세계를 확장시킵니다.

어젠 출근하니 한 할아버지가 돌아가셨습니다. 제가 근무를 시작하기 정확히 3분 전이었습니다. 저는 3분 일찍 출근했으니 정확히 누군가의 죽음과 함께 근무를 시작한 셈이었습니다. 자리에 앉자마자 예사롭지 않은 통곡이 울려퍼졌습니다. 사연은 이랬습니다. 치매가 심한 분이었습니다. 병원을 자주 오가는 분이라 안정적인 혈관 확보가 필요했습니다. 며칠 전 병원에서 할아버지의 몸에 굵은 관을 넣고 의료용 테이프로 잘 붙여두었습니다. 할아버지는 그게 답답했습니다. 피부에 테이프가 붙어 있는 느낌이 좋지 않았고, 굵은 관이 몸 안에 들어와 있는 기분 또한 좋지 않았습니다. 그래서 할아버지는 손으로 테이프를 떼어냈습니다. 피가 났습니다. 병원에서는 더욱 꼼꼼하게 테이프를 붙였습니다. 집에 돌아온 할아버지는 이번에는 더듬거리면서 가위로 테이프를 잘랐습니다. 하지만 그 떨리던 가윗날은 테이프만 자르지 않았습니다. 그 순간이 끝이었습니다.

할아버지가 왜 그렇게 극도로 테이프를 답답해했는지는 아무도 모릅니다. 진정으로 답답했던 대상이 무엇이었는지, 가위 손잡이를 더듬으며 혹시 죽음을 떠올리지는 않았을지 또한 이제 영영 아무도 모르게 되었습니다. 죽음만이 분명했습니다. 사람은 몸에 들어 있는 관 하나에 죽어버리는 존재입니다. 보호자는 피로 물든 이부자리와 창백한 할아버지를 발견했습니다. 그게 마지막 모습이었습니다. 제가 근무하기 전에 죽었으므로 제 책임은 없었던 할아버지를 생각하며 근무했습니다. 하루 동안 또하나의 죽음과 두 개의 뇌출혈과 두 개의 심근경색과 한 차례의 성폭력과 세 번의 자살 시도와 다섯 개의 폭행 사건과 함께 수십 개의 팔다리가 부러졌습니다. 이 조합에서 늘 개수만이 달라지는 근무입니다. 그 모든 일에 책임을 지고 돌아와 편지를 마무리짓고 있습니다.

저는 부족함을 느낄 때마다 죽고 싶은 욕망까지 느낍니다. "부족한 자가 죽음을 생각하지 않을 도리가 없다"라고 일기장에 쓴 날도 있었습니다. 온전한 정신으로 침대에 누우면 습관처럼 관자놀이를 뻥 뚫어버리는 상상을 합니다. 살기 위해 강박적인 성격이 되었는지 모르겠지만, 결국 완벽한 사람이 될 수 없음은 제가 더 잘 알고 있습니다. 순환하는 욕망을 떨쳐버릴 수 없는 구조입니다. 그럼에도 의궁인은 소멸하는 타인의 생명을 보면 견딜 수

가 없습니다. 발을 동동 구르고 이를 악물고 피를 뒤집어
쓰고 제발 살아 있으면 안 되겠냐고 소리칩니다. 모두 진
정으로 하는 행동입니다. 병원에서 돌아오면 몸이 부서질
것 같은 기분을 느낍니다. 하지만 그들이 죽으면 제가 부
족해지기 때문에 그렇게 행동하는지도 모릅니다. 이기적
인 욕심의 말로가 타인의 생멸에 분노하는 것일까요. 그
런 생각이 들 때마다 제 생명 따위는 그다지 존귀하게 보
이지 않습니다. 그리고 손쉬운, 관 하나로 연결된 죽음 따
위를 상기합니다.

　작가님은 유독 죽음을 많이 언급하지 않는 작가입니
다. 그것은 저희 둘을 이질적으로 바라보는 사람들이 느
낄 법한 차이점입니다. 그럼에도 저는 작가님의 삶 이야
기가 참 좋습니다. 저는 집에 TV가 없어 〈출발! 비디오
여행〉을 볼 수 없지만, 저 또한 쉬는 날에 하는 일이 있습
니다. 밥을 차려 먹는 겁니다. 휴일을 맞은 집에 누군가가
있다면 저는 그 사람을 손 하나 까딱하지 못하게 하고 아
침이나 이른 점심을 차려 먹입니다. 오전의 서늘한 공기
에 막 차린 집밥 냄새가 퍼져나갑니다. 사랑하는 사람이
숟가락을 떠서 배를 채우고 제법 먹을 만하다고 말해주는
순간이 정말 소중합니다. 그럴 때마다 저는 존재의 이유
를 느낍니다. 평생 요리만 해서 모든 것을 다 먹여주고 싶

은 기분입니다. 하지만 시간은 유한하고 강력합니다. 서로를 끌어안던 시간들은 그날 이후로 다 죽어버렸습니다. 저는 혼자서 눈을 뜨고 끼니를 거릅니다. 그리고 '라떼'의 치욕조차 사라지는 일을 생각하며 글을 적습니다.

  하지만 죽음 뒤에는 명멸하는 삶 또한 있습니다. 3월의 병원은 많은 것이 생동하는 시기입니다. 긴장과 피로감이 역력한 표정의 신규 인턴과 레지던트 선생님이 병원에 돌아다닙니다. 저는 12년 전 울면서 짐을 챙겨 병원에 들어오던 때를 생각합니다. 그리고 제가 정말 사랑하는, 돌도 지나지 않은 조카의 사진을 훔쳐봅니다. 사랑하는 남동생의 어린 딸입니다. 코로나19 때문에 자주 보러 가지 못해 아직 삼촌을 보고 웁니다. 아이는 삼촌과 닮았다는 이야기를 많이 듣습니다. 조카를 안고 있는 사진 속 둘은 닮았지만 제 얼굴에는 어마어마한 세월의 더께가 덮여 있습니다. 가끔 옛날 사진을 뒤지다 발견하는 '당시에도 나이가 많이 들었던' 전형적인 삼촌의 지치고 풍파에 시달린 얼굴입니다. 하지만 정수리에서 풍겨오는 아이의 냄새를 떠올리며, 한 팔에 안을 수 있는 작은 몸을 기억하며, 모든 것을 다 먹여주며 오래 살고 싶다고 생각합니다. 미중년 남궁인의 시대는 그다지 꿈꾸지도 바라지도 않습니

'라떼'를 엎어버리는 불호령의 왕 이슬아 작가님께 ——

다. 지치고 평범하고 약간 지혜로운 삼촌이 되는 것이 제 목표입니다. 관자놀이를 문지르며, 살아 있어야겠습니다. 이야기가 계속될 수 있도록, 작은 아이가 커서 삼촌의 부끄러운 투쟁을 엿볼 수 있도록요.

다음주에도 조조기축구에 가서 몸이 부서지도록 공을 차야겠습니다. 안 용맹하고 골도 못 넣지만요.

2021년 2월 28일

이제는 정말 좀 자야 하는

남궁인 드림

돌도 지나지 않은 조카의 사진을 훔쳐봅니다.

정수리에서 풍겨오는 아이의 냄새를 떠올리며,

한 팔에 안을 수 있는 작은 몸을 기억하며,

모든 것을 다 먹여주며 오래 살고 싶다고 생각합니다.

미중년 남궁인의 시대는

그다지 꿈꾸지도 바라지도 않습니다.

지치고 평범하고 약간 지혜로운 삼촌이 되는 것이

제 목표입니다.

관자놀이를 문지르며, 살아 있어야겠습니다.

이
슬
아

×

|

남궁 성씨를 빛내는 남궁인 선생님께

|

×

남
궁
인

혈색이 좋아졌습니다. 거울 속의 저 말입니다. 그야 물론 〈일간 이슬아〉 연재가 끝났기 때문이겠죠. 2주 전보다 홀가분한 마음으로 선생님을 생각하고 있습니다. 선생님의 성은 '남궁'인데요. 저는 어처구니없게도 오랫동안 선생님의 성이 '남'인 줄 알았습니다. 이름은 '궁인'으로 인지했고요. 왜 그랬을까요? 모르겠습니다. 이 정도 오류는 아무것도 아닙니다. 제 친구 중 한 명은 남궁인 선생님을 독고탁 선생님이라고 부르거든요. 독고탁이라니 도대체…… 친구의 기억회로는 어떻게 생겨먹은 걸까요? 저라도 선생님의 이름을 더이상 착각하지 말자고 다짐하며 나무위키에 '남궁'을 검색해봤습니다.

이미 알고 계시겠지만 남궁은 두 글자로 된 성씨 중 한국에서 가장 널리 쓰이는 복성이라고 합니다. 성의 유래와 표기법 다음으로는 '남궁 성을 가진 실존 인물' 항목이 이어지는데요. 그중 21번째로 선생님의 이름이 적혀 있습니다. '남궁인: 응급의학과 전문의 겸 작가'로 말이에요. 남궁 성씨를 빛내는 실존 인물 중 한 사람인 것이죠. 그건 그렇고 스크롤을 좀더 내리면 '남궁 성을 가진 가상 인물' 항목이 나옵니다. 거기엔 반가운 이름이 또 있어요. 바로 '남궁란마'입니다. 〈란마 1/2〉이라는 애니메이션을 보신 적 있나요? 어렸을 때 투니버스 채널에서 주구장창

방영해준 작품이라 저는 지금도 주제가를 외워 부른답니다. 가사는 다음과 같습니다.

> 아빠빠 아빠빠 웅~ 묘익천 이곳에 빠지면 아빠 팬더곰
>
> 아빠빠 아빠빠 돈~ 익천 저곳에 빠지면 아기꽃돼지
>
> 여기는 무엇이 될까 란마 란마도 알 수가 없네
>
> 가슴이 두근두근해
>
> 여자도 되고 남자도 되고
>
> 나의 모습을 찾아주세요

이 애니메이션의 주연들은 찬물을 뒤집어쓰면 여자가 되고 뜨거운 물을 뒤집어쓰면 남자가 됩니다. 물 온도에 따라 곰 혹은 아기 돼지가 되는 조연들도 있습니다. 30년도 더 된 작품이라 지금 보면 낡은 부분이 많지만 유년기의 저에겐 신선한 충격이었어요. 그토록 간단히 다른 성별로 변한다는 점이 말이에요. 심지어 성별을 초월해 다른 종으로도 변할 수 있고요. 〈란마 1/2〉 이후로 공중목욕탕에 갈 때마다 모르는 인생을 상상했습니다. 온탕에 몸을 담갔다가 남자의 몸으로 걸어나와서 물기를 닦고 옷을 입고 바나나 우유를 마신 뒤 집에 간다면 뭐가 얼마큼 어떻게 달라질까? 그건 살아보지 않은 인생이라 모릅

니다. 하지만 알고 싶습니다.

　저는 이슬아고 선생님은 남궁인이죠. 우리는 태어나서 사회로부터 지정받은 성별에 크게 저항하지 않는 이들로 보입니다. 선생님의 편지를 읽으며 바로 그 성별을 실감하곤 해요. 그러니까 제가 여자고 선생님이 남자라는 것 말이에요. 각별한 우정을 시작한 이들이 대개 그렇듯 저 역시 선생님의 지난 사랑 이야기를 흥미롭게 듣습니다. 선생님 역시 가졌다가 상실한 사랑의 경험들로 구성된 사람일 테니까요. 지난 편지에서 선생님은 언젠가 "애인에게 야단맞고 벌을 서거나 쫓겨나기도" 했다고 쓰셨지요. 첫번째로는 이런 생각이 들었어요. '선생님의 전 애인은 왜 화가 났을까?' 두번째로는 이런 생각이 들었죠. '이것은 남자의 글이구나.' 어떤 과오로 벌어진 해프닝이든 간에 남자로 살아와서 쓸 수 있는 글이라고 생각했습니다. 이런 문장을 거리낌없이 쓸 수 있는 건 대개 남자이기 때문일 거예요. 여자의 글에서 "애인에게 야단맞고 벌을 서거나 쫓겨나기도" 했다는 문장이 나올 경우 농담으로 읽히기 어렵잖아요. 제가 그렇게 썼다면 선생님은 분명 저를 걱정하실 것입니다. 그럴 법하니까요.

　오늘 아침 확인한 통계자료에 따르면 애인 혹은 남편

에게 살해되거나 살해 시도를 당한 여자가 작년 한 해에만 228명이라고 해요. 있어서는 안 될 일이 너무 자주 벌어지지요? 응급실에 계신 선생님께서는 분명 더 잘 알고 계실 듯해요. 1.6일마다 한 명이 그런 이유로 죽음에 내몰리는 세상에서는 여자를 대상으로 한 '야단' '벌' '쫓겨남' 같은 말을 글로 쓰기가 조심스럽습니다. 반면 선생님의 문장은 일면 즐거운 엄살로 읽히지요. 독자도 저도 딱히 선생님을 걱정하지 않아요. 아내에게 잡혀 산다는 남편의 말이 특정 남성 집단에서 유머 코드로 통용될 수 있어도, 남편에게 잡혀 산다는 아내의 말은 어느 집단에서나 웃음이 나오지 않는 이야기가 되는 것과 비슷합니다. 먼지만큼 사소한 문장이지만 그것을 읽으며 우리가 가진 젠더 권력이 서로 다르다는 걸 알게 됩니다.

사실 지겹기도 하죠. '여자는' 혹은 '남자는'으로 시작하는 이야기, 뿌리깊은 가부장제와 불평등에 대한 이야기 말이에요. 이런 얘기 말고 그저 농담을 하고 싶습니다. 누가 누가 더 웃긴지 격주 간격으로 겨루면 좋겠어요. 제가 정말 갈고닦고 싶은 건 농담력이거든요. 하지만 성별에 따라 어떤 농담은 가능해지거나 불가능해집니다. 유머에서 드러나는 불균형한 지형을 파악하는 것도 농담력의 일부겠지요. 동료 작가인 남궁인 선생님과 함께 그 훈

련을 해나가고 싶어요. 지금처럼 중요한 일이 빠르게 발생하고 잊히는 시대에 작가들은 특히 민첩해져야 하는 것 같습니다. 저의 글 역시 재검토해야 할 부분이 많을 텐데요. 새롭게 고치면 좋을 표현을 발견하신다면 꼭 이야기해주세요. 제가 선생님께 공들여 하듯이 말이에요.

오늘은 여성의 날이고 저는 사랑하는 사람들을 생각하고 있습니다. 어린 여자, 나이든 여자, 아픈 여자, 가난한 여자, 돈이 많은 여자, 장애가 있는 여자, 정치를 하는 여자, 버섯 농사를 짓는 여자, 여자이고 싶지 않은 여자, 여자를 사랑하는 여자…… 또한 제가 사랑하는 여자 아닌 사람들을 생각합니다. 남자, 나를 키운 남자, 남자인 게 편안한 남자, 택시 운전을 하는 남자, 휠체어를 타는 남자, 택배를 나르는 남자, 응급실에서 일하는 남자, 남자를 사랑하는 남자, 남자이고 싶지 않은 남자, 그리고 트랜스젠더, 논바이너리, 여자 혹은 남자 안에 자신을 욱여넣지 않은 사람들, 그들의 일상과 표정과 목소리를요.

아무도 지정된 성별이나 선택한 성별 때문에 죽지 않았으면 좋겠습니다. 확실한 건 2021년 3월 8일에 아직 그런 세상이 도래하지 않았다는 것입니다.

최근의 비보 속에서 슬픈 마음으로 애니메이션 〈란마

1/2〉을 다시 떠올립니다. 냉탕이나 온탕으로 간단히 성별을 바꿀 수 있다면, 목숨을 걸지 않고도 여자가 아니게 될 수 있거나 남자가 아니게 될 수 있다면 어떨까요. 그리하여 다른 성별의 시선, 다른 종의 시선을 얼렁뚱땅 체득하게 된다면 얼마나 좋을까요. 토론과 싸움 없이 그냥 몸으로 이해해버릴 수 있다면요. 역시 살아보지 않은 세상이라 모릅니다. 하지만 알고 싶습니다. 그런 세상에서 우리는 지금과 다른 농담을 하고 있겠죠. 도래하지 않은 미래를 상상하는 것, 가능한 한 많은 존재의 시선으로 세계를 보려 애쓰는 것은 우리에게 주어진 사명이자 축복이겠습니다.

나무위키에서 '남궁'을 검색했다가 여기까지 왔습니다. 남궁 성씨를 빛내는 실존 인물 남궁인 선생님께, 남궁 성씨를 빛내는 가상 인물 남궁란마를 알려드리고 싶었을 뿐인데 멀리 와버렸네요. 모두 선생님과의 우정 때문에 생겨난 일입니다. 선생님이 제게 해주신 말을 그대로 돌려드리고 싶습니다.

언제나 선생님은 제 세계를 확장시킵니다.

이 와중에 경운기 지나가는 소리가 창밖에서 들리네

요. 밭 가는 소리입니다. 이웃집 할아버지가 고구마 농사를 지으시거든요. 몇 주 뒤면 모종을 심으시겠죠. 봄이 오고 있습니다. 다시 시작하는 계절이에요. 글을 다시 쓰기도 좋은 계절이고요. 어쩌면 우리는 변하고 싶어서 글쓰기를 계속하는 것일지도 모릅니다. 과거에 썼던 표현을 쓰지 않음으로써, 혹은 과거에 없던 표현을 새로 만듦으로써 작가들은 새로워지잖아요. 조만간 같이 산책하면 좋겠습니다. 걷다가 벤치에 앉아 선생님의 휴대폰 속 어린 조카 사진을 봐도 좋겠네요. 선생님과 얼마나 닮았을지 궁금하군요. 저 역시 언젠가 아이를 낳을 예정입니다. 시간이 흘러 그 아이와 긴 이야기를 나눌 수 있게 된다면 성별을 선택해도 좋다고 말해주고 싶습니다. 그런 세상의 어른이 되려고 합니다. 선생님은 지쳤지만 지혜로운 미중년 삼촌이 되시겠죠. 그때까지 관자놀이를 문지르며 살아 계십시오. 저도 좋은 혈색을 유지하며 살아 있겠습니다. 이야기가 계속될 수 있도록요.

2021년 3월 8일
여자를 초월하고 싶은
이슬아 드림

남
궁
인

×

종종 서늘한 웃음을 던지는
이슬아 작가님께

×

이
슬
아

거울 속의 저는 시름시름 앓는 사람입니다. 어제 백신을 접종받았기 때문입니다. 오전에 백신을 맞고 라디오 캠페인 녹음과 TV 촬영을 하고 연이어 밤새 당직근무를 서는 일정이었습니다. 아침의 귀갓길은 어지럽고 신열이 넘실거렸습니다. 돌아와서 뜨끈한 몸으로 정말 죽은듯이 잤습니다. 저보다 먼저 백신을 맞았던 젊은 간호사 선생님들은 모두 수액병을 걸고 근무했습니다. 며칠 전 기운이라고는 하나도 없어 보이는 그들의 이마를 하나하나 짚어보고 더이상 해줄 게 없어 10초 정도 가만히 지켜보다 퇴근했던 기억이 납니다. 이번 백신은 상당히 괴롭습니다. 지금도 전신이 맞은 듯 욱신거립니다. 간신히 삶으로 넘어온 기분으로 작가님을 생각합니다. 그럼에도 다시 살아가야지요.

저는 평생 '남궁' 성씨를 지니고 살았습니다. 바꾸거나 저항할 수 없는 일이었습니다. 작가님은 자신의 이름을 처음으로 알게 된 순간을 기억하시나요. 저는 조금 특별한 이름이기에 그 순간을 분명히 기억합니다. 당시 저는 제 이름을 겨우 발음할 수 있을 정도로 어렸습니다. 어머니는 제게 가르쳤습니다. "네 성은 '남'이 아니라 '남궁'이야. 이름이 '인'이란다. 너는 남들과는 달라." 그때

종종 서늘한 물음을 던지는 이슬아 작가님께

저는 이 사회에서 통용되는 이름의 법칙에서 저만 무엇인가 다르다는 사실을 처음으로 인지했습니다. 그리고 타고난 성姓으로 많은 놀림거리가 되었지요.

제 이름을 처음으로 들은 많은 사람들은 저를 '궁인'이라고 불렀습니다. 유년기에는 더욱 심했습니다. 그게 틀린 명명이라는 것을 깨우친 많은 아이들은 일부러 '궁인'이라고 놀렸습니다. 복성에 익숙하지 않은 담임 선생님도 처음에는 '궁인'이라고 부를 정도였습니다. 자연스럽게 다른 이름과도 별다른 연유 없이 엮였습니다. '남궁옥분'은 너무 많이 들어서 신물이 날 정도고, 다른 복성인 '독고탁'부터 '황보관' '제갈량' '사마의' 따위도 있었습니다. 그중에는 당연히 성이 '남궁'인 남궁란마도 있었습니다.

'남궁란마'는 한국판 이름입니다. 원작 〈란마 1/2〉의 란마는 '남궁'씨와는 어떠한 관련도 없습니다. 하필 번안자는 그의 성에 '남궁'을 붙였고, 그는 하필 제 유년기에 '남궁' 문중에서 가장 유명한 가상 인물이었습니다. 그래서 고집스럽게 저를 '남궁란마'나 '궁란마'라고 부르는 친구들이 있었습니다. (세상에 이름이 '궁란마'라니요.) 개중에는 제게 찬물을 부어보고 진짜 여자가 되었는지 확인하려는 장난꾸러기도 있었습니다. 덕분에 어린 시절 저는 혼란스러웠습니다. 혹시 정말 '란마'처럼 여성으로 변해 버릴까봐 겁이 났습니다. 종종 찬물로 샤워를 한 다음 아랫도리가 허전해진 것 같아 확인해보기도 했습니다. 다행히 늘 잘 있었습니다. 애니메이션의 의도처럼 조금 야릇한 유년기의 에피소드입니다.

요즘도 '남'교수님께 원고나 강연을 청탁하는 정중한 메일을 받곤 합니다. 인터넷에도 '남'교수가 이리저리 운운했다는 기사가 뜹니다. 가장 인상적인 분은 레지던트 시절 은사님입니다. 그분은 제 성이 복잡해서 잘 기억나지 않는다고 저를 '김인'이라고 불렀습니다. 여러모로 충격적인 명명이었습니다. 아직도 '궁인'이라고 부르는 많은 친구들을 포함해서, 굳이 따지자면 이것들은 전부 성姓희롱이겠지요. 하지만 저는 늘 무탈했고, 유년기를 지나자 이름에 초연해졌습니다. 오늘부터 모두가 저를 '궁인'이라고 불러도 아무도 다치거나 죽지 않기 때문입니다. 그래서 저는 제가 겪은 성姓희롱을 농담조로 말할 수 있는 것이겠죠.

사람은 탄생할 때부터 대단히 많은 것이 결정됩니다. 저는 불행한 자아를 가지고 태어나 불행을 늘어놓는 글쓰기를 했지만, 진정으로 불행한 사람들이 많다는 것을 모를 정도로 둔감하지 않았습니다. 제겐 여자 형제가 없습니다. 두 아들만을 위하는 자애로운 어머니 밑에서 자랐습니다. 그래서 여성의 입장에서 세상을 보는 것이 낯설었습니다. 점차 많은 여성과 친밀한 사이가 되어가며 그들의 이야기를 듣기 시작했습니다. 그 속에는 언제나 놀라운 일화가 몇 번씩 등장했습니다. 늦은 밤 자신을 따라왔던 남성, 몰래 자신을 지켜보던 남성, 갑자기 나타나 성기를 노출하거나 성접촉을 시도하던 남성 등등. 경중과 상황은 모두 달랐지만 그런 경험이 없었던 여성은 단연코 없었습니다. 타인에게 해를 끼칠까 노심초사하며 살아왔던 저는 그 기괴한 욕망에 우선 놀랐고, 예외 없는 경험담에 더더욱 놀랐습니다. 저는 누가 그런 방식으로 저를 욕망하거나 해를 끼칠 수 있다는 사실을 염두에 두며 살아오지 않았습니다. 비슷한 경험조차 없었습니다. 저와 다른 성性별이 살아온 곳은 완전히 다른 세상이었습니다. 타고난 성姓씨로 인한 놀림은 그냥 농담거리 수준이었지요.

저는 제가 온실 속에서 살아왔다는 사실을 자각했습니다. 결정적으로 저는 응급실에서 일하기 시작했습니다. 그곳에 찾아온 사람들을 보자, 제가 살아온 환경은 온실이 아니라 아예 무균실이었구나 깨달았습니다. 제가 근무하던 병원은 서울 외곽과 수도권 중소도시 유흥가 앞에 있었습니다. 매일 너무 많은 사람들이 자신의 충동을 억제하지 못하고 그야말로 엄청난 일을 저질렀습니다. 그곳에서 저는 가장 폭력적인 방법으로 폭력에 대해 배웠습니다. 근방에서 일어나는 모든 폭력의 희생자를 제 앞에 데려다놓고, 직접 비명을 들으며 상처를 하나하나 모두 벌려 보게 만든 것이지요. 굳이 그렇게 야만적인 방법이 아니더라도 폭력이 나쁘다는 명제는 누구나 알 수 있을 것입니다. 하지만 뼈가 깨지고 살이 튀고 목숨이 끊어지는 일을 매일 목격하는 사람이 폭력을 그냥 '나쁘다'고 느낄 수는 없었습니다. 그것은 거의 다른 차원의 일입니다. 저는 자연스럽게 세상에 존재하는 모든 폭력을 증오하게 되었습니다. 인간의 생명을 으깨는 많은 일도 증오하게 되었습니다.

폭력에는 다양한 종류가 있습니다. 가해자와 피해자도 다양하겠지요. 어떤 폭력은 사회가 행합니다. 그에게 가해진 차별이, 그를 궁지로 내몰았던 경제적 사정이, 제대로 치료받지 못한 질환이, 정돈되지 않은 노동 환경이 그를 고통과 죽음으로 몰아넣고는 하지요. 아니면 단순한 충동조절장애나 알코올, 문화적인 갈등이 그 원인이 될 수 있을 것입니다. 그중에서 저는 여성에게 가해지는 폭력이나 가정폭력에 대해서 완전히 새로 배웠습니다. 여성에게 그토록 무참한 폭력을 가할 수 있다는, 물리적으로는 가능하지만 실제로 일어나서는 안 될 것 같은 일들을 직접 목격하고 난 뒤의 일입니다. 저는 평생 누군가를 때려본 적조차 없습니다. 누군가가 여성의 신체에 폭행을 가해 그 형태를 일그러뜨릴 수 있다는 사실을, 눈앞에서 보고도 믿을 수가 없었습니다. 정말이지 미친 세상 같았습니다.

눈가가 깨지고 두피가 찢어지고 손발이 부서져서 그들은 찾아왔습니다. 맨주먹에, 술병에, 화분에, 식칼에, 그냥 그때그때 잡히는 물체에 여성의 몸은 상했습니다. 폭행의 피해자는 여성뿐만이 아닙니다. 하지만 여성과 남성이 아무리 평등하다 해도 남성의 완력은 대개 여성보다 강합니다. 대상을 불문하고 인체에 참혹한 손상을 가하는 사람은 대부분 남성입니다. 정말 절망적인 상황이 닥치면 조금 더 무력한 쪽은 어쩔 수 없이 여성일 것입니다. 그 무력감과 고통에 대해서는 아무리 마주해도 저는 알 수 없을 것 같았습니다.

의처증에 시달리던 할아버지가 할머니를 폭행한 사건이 있었습니다. 여든 살 할머니의 몸은 작고 연약해 보였습니다. 어른으로서도 노약자로서도 여성으로서도 인간으로서도 존중받아야 하는 할머니였습니다. 할아버지는 그 육체를 장도리로 내리쳤습니다. 저는 피를 뒤집어 쓴 할머니의 얼굴과 두개골이 깨져 푹 들어가버린 두피를 바라보았습니다. 절망적이었습니다. 인간이라면 도저히 이해할 수 없는 광경이었습니다. 천만다행으로 생명에 지장은 없었습니다. 대신 두피를 집어올려 한땀 한땀 맞추는 데 많은 시간이 들었습니다. 저는 처치실 조명 아래서 흘러내리는 피를 닦아내며 이 연유를 생각했습니다. 도저히 성별을 제하고는 설명하기 어려운 폭력이었습니다. 그렇게 저는 누구보다 직접적인 방법으로 여성에게 가해지는 폭력을 배웠습니다.

얼마 전에는 복부를 칼에 찔려서 온 여성이 있었습니다. 저는 그녀가 들어오자마자 중환 구역에 넣고 상처를 확인했습니다. 칼이 복부를 뚫은 흔적은 분명했습니다. 하지만 그녀의 진술은 분명하지 않았습니다. 처음에는 남편이 찔렀다고 했습니다. 두번째에는 다투다가 자신이 찔렀다고 했습니다. 세번째에는 경황이 없어서 잘 모르겠다고 했습니다. 배에 칼을 맞았음에도 누가 찔렀는지 모를 수가 있을까요. 저는 일단 외과에 연락하고 상태를 살폈습니다. CT를 보니 수술하면 안정적으로 목숨을 구할 것 같았습니다. 저는 환자에게 다시 물었습니다. 폭행은 반의사불벌죄라서 처벌 의지가 없으면 처벌되지 않는다고.

종종 서늘한 물음을 던지는 이슬아 작가님께

하지만 처벌할 의지가 있으면 얼마든지 돕겠다고 했습니다. 환자는 끝내 대답하지 않더군요. 저는 스테이션으로 돌아와 그냥 경찰에 신고했습니다. 의료진에게 신고 의무가 있는 것은 아동학대뿐입니다. 가정폭력이나 노인학대는 성인을 대상으로 한 폭력이라 신고하지 않아도 의료진을 처벌하지 않습니다. 충분히 스스로 신고할 수 있는 능력이 있다고 간주되니까요. 하지만 이 일은 그녀의 능력과 의지를 떠나, 일단 누구든 신고해야 하는 일이었습니다. 배 안에 칼을 넣는 행위는 적어도 살인미수입니다. 완력이 상대적으로 약한 약자에게 가해진 무참한 범죄를 모른 척할 수는 없었습니다. 그녀는 회복되었고, 그 이후의 사정은 저는 모릅니다. 제가 할 수 있는 일은 거기까지였지만, 세상에 존재하는 모든 폭력의 형태에 대해 다시금 치를 떨었습니다.

알베르 카뮈의 『페스트』에는 정의로운 의사 리외가 나옵니다. 그는 페스트와 맞서 싸우다가 아이가 고통스럽게 죽어가는 모습을 목격합니다. 그는 그 광경을 처음부터 끝까지 지켜보고는 끝내 신과 세상을 저주하고 맙니다. "어린애들마저도 주리를 틀도록 창조해놓은 이 세상이라면 나는 죽어도 거부하겠습니다." 의사는, 인간은,

죄가 없는 사람이 죽어가는 일을 견디기 어려워해야 합니다. 당연한 인간의 도리이자 본성입니다. 그리고 저는 '약함'과 '다름'은 죄가 아니라고 생각합니다. 죄가 있다면 그 반대의 사람들이 짊어져야 마땅합니다. 하지만 세상은 끊임없이 약자의 주리를 틀고 있습니다. 분명히 그 반대의 세상은 오지 않았습니다. 역사를 통틀어도 그런 세상은 없었습니다. 과연 그런 세상을 우리가 만들 수 있을까요. 솔직히 저는 자신이 없습니다. 저는 벌써 너무 많은 것을 경험해버렸습니다.

그럼에도 저는 사람을 일방적으로 '삶'으로 돌리고자 노력한 사람입니다. 제 성姓이 남들과 '다르'지만 실제 어떤 차별도 받지 않고 누구도 아프거나 죽지 않은 것처럼, 성별이 여성이거나 다수와 '다른' 성적 지향이 있어도, 그 때문에 어떤 차별도 없고 누구도 아프거나 죽지 않아야 한다고 생각합니다. 제가 믿는 단 하나의 가치 때문에 저는 그렇게 주장합니다. 제가 주어진 성을 바꿀 수 없는 것처럼, 앞으로도 사람들은 많은 것이 태어날 때부터 결정되어 있을 것입니다. 그럼에도 누구도 어떤 이유로도 차별받지 않고 약자가 약자라는 이유로 안위가 위협받아서는 안 됩니다. 많은 사람의 '삶'을 바라는 위치에서, 그것만은 양보할 수 없습니다.

그럼에도 다시 살아가야 합니다. 제 몸에는 아직도 신열이 감돌고 있습니다. 조만간 이 열감은 가라앉고 저는 바이러스에 대해 면역을 얻을 것입니다. 젊고 면역에 민감할수록 백신의 이상반응은 더 강력합니다. 대신 항체도 더욱 잘 형성됩니다. 이 대화도 그런 과정의 일부라면 좋겠습니다. 세상에는 예방주사를 맞지 않고는 이겨낼 수 없는 질병이 많습니다. 하지만 모두가 접종을 마치면 누구도 그 때문에 죽거나 아프지 않는 세상이 올 것입니다. 이 격렬한 진통과 상실의 슬픔 뒤에 찾아오는 평화로운 세상을 꿈꾸어봅니다. 그때는 모두가 안전하고 건강하면 좋겠습니다. 그리고 새싹이 돋는 풍경을 보며 벤치에 나란히 앉아 농담을 나누어봅시다. 작가님은 저를 얼마든지 놀려도 상관없습니다. 그 때문에 아무도 다치거나 죽지 않을 것이 분명하니까요.

2021년 3월 15일
누가 누가 웃긴지 겨루면
패배할 것이 분명한
남궁인 드림

뼈가 깨지고 살이 튀고 목숨이 끊어지는 일을

매일 목격하는 사람이 폭력을

그냥 '나쁘다'고 느낄 수는 없었습니다.

저는 자연스럽게 세상에 존재하는

모든 폭력을 증오하게 되었습니다.

인간의 생명을 으깨는 많은 일도 증오하게 되었습니다.

이
슬
아

×

알다가도 모르겠는 남궁인 선생님께

×

남
궁
인

지난 만남에 대한 이야기를 하지 않을 수 없군요. 우리의 연재를 담당하시는 이연실 편집자님과 함께 회의 겸 회식을 하는 자리였죠. 만남의 주제는 '이슬아와 남궁인의 서간문 연재, 이대로 괜찮은가'였습니다. 그 중대한 만남에 선생님은 대지각을 하셨습니다. 무려 한 시간 이십 분이나요. 선생님이 바쁘신 건 알지만 저나 이연실 편집자님도 그 못지않게 바쁩니다. 특히 이연실 편집자님께서는 요즘 저자로서도 활약하시느라 평소보다 두 배로 바쁜 나날을 보내고 계신데 그 만남에 늦으시다니요. 선생님이 단톡방에 거듭해서 구구절절 써놓은 사죄 메시지에 편집자님은 너그러운 글투로 천천히 오시라고 두 번이나 답장하셨지만 제 입장은 달랐습니다. 예상을 뛰어넘을 만큼 천천히 오고 계셨기 때문입니다. 지각이 한 시간 넘게 이어졌을 때 저는 한마디 카톡만을 남겼습니다. "여러모로 어리석으시네요." 그러자 이연실 편집자님이 제게 말씀하시더군요. "남궁인 선생님께 좀 잘해주세요……" 그래서 덧붙였습니다. "조심히 오십쇼."

선생님은 그로부터 20분 뒤 정말로 조심히 그리고 조신히 등장하셨고 우리의 만남은 비로소 시작되었습니다. 왜 늦었냐고 묻자 도배를 하다가 늦었다고 대답하셨어요. 풀 발린 도배지가 마르기 전에 다 바르고 나와야 할 것 같

알다가도 모르겠는 남궁인 선생님께

았다고, 하지만 오는 내내 후회했고 정말 죄송하다고 허리 숙여 사과하셨습니다. 너무나 공손히 사과하신 나머지 저는 불호령 의지를 잃었죠. "아니 도배를 왜 굳이 오늘……" 저의 중얼거림에 선생님은 "그러니까요……"라고 읊조리며 한번 더 자책하셨습니다. 그 순간 상상할 수 있었어요. 지지난 편지에 묘사하신, 간호사 선생님 눈치를 보며 복도를 빙 돌아가는 남궁인 선생님의 모습을요. 겸연쩍고 궁색한 자세로 말입니다.

그런데 지금 제가 바로 그 자세로 글을 쓰고 있습니다. 이 글의 마감에 늦고 있기 때문이죠. 선생님처럼 저녁 약속에 한 시간 이십 분이나 늦지는 않았어도 잦은 지각을 하며 살아갑니다. 〈일간 이슬아〉 원고를 매번 자정 넘어서 발송하고 친구와의 약속에 자주 늦습니다. 최근에도 늦어서 택시를 탔어요. 택시에서는 자책을 합니다. 나는 어째서 이 모양인가. 왜 진작 서두르지 않아서 돈과 기름을 길에다 쓰며 살아가는가. 며칠 전에도 그런 생각으로 택시에 실려가던 중 홍지문터널에 진입했습니다. 내부순환도로를 타던 중이었거든요. 터널은 평소라면 2분 만에 빠져나올 수 있는 코스였지만 퇴근 시간이라 약간 정체되고 있었어요.

선생님은 터널 따위 무심히 통과하실 듯하지만 저는 그렇지 않습니다. 평소엔 그 사실을 잊고 있다가 터널에 진입하는 순간 알게 돼요. '×발 ×됐다' 싶죠. 길고 어두운 2차로를 달리면 달릴수록 불길한 느낌이 듭니다. 삽시간에 호흡곤란이 오고요. 종종 이런다고 제가 말씀드렸지요? 원래는 엘리베이터에서만 이러는데 가끔은 기차나 터널로도 증상이 옮겨집니다. 엘리베이터 문이 결국 열리지 않을 것이며 나는 몇 시간 뒤 변사체로 발견될 거라는 망상이나, 터널이 결국 끝나지 않을 것이며 나는 이 안에서 질식사할 거라는 망상은 폐소공포를 겪을 때면 확신으로 변합니다. 택시의 창문을 열고 숨을 쉬려 노력했습니다. 물 밖으로 고개를 내밀듯이요. 기사님이 왜 그러냐고 물으시더군요. 숨을 헐떡이며 대답했죠. 터널이 안 끝날 것 같아서 그런다고. 그러자 기사님은 허허 웃으셨어요.

"거의 다 왔어요. 금방 끝나요."

그 말만 철석같이 믿고 숨을 이상하게 쉬며 울었습니다. 죽을 것 같다는 공포에 비하면 눈물이 나는 건 아무것도 아니죠. 그 순간 통화하고 싶은 사람이 있었지만 그러질 못했습니다. 기사님 말대로 터널은 금방 끝났는데요. 빌어먹을 새로운 터널이 곧바로 시작되고 있었어요. 정릉 터널이었습니다. 안도할 새도 없이 헥헥대는 저에게 기사

　　　　　알다가도 모르겠는 남궁인 선생님께

님이 건넨 질문은 이것입니다.

"트라우마……? 그런 거 있어요?"

저는 울면서 대답했습니다.

"왜 이러는지 모르겠어요."

진심이었습니다. 정말로 모르겠으니까요. 기사님은 평온한 목소리로 말씀하셨습니다.

"저도 트라우마 비슷한 게 있었어요. 한쪽 다리를 절단했거든요."

깜짝 놀라서 눈물이 뚝 그쳐버렸습니다.

"어쩌다가요?"

"트럭 운전 하다가 버스랑 정면충돌해서요. 스물여덟 살에."

그 말을 하는 기사님의 나이는 우리 아빠랑 비슷해 보였습니다. 왼다리에 의족을 낀 채 오른다리로 액셀과 브레이크를 밟으며 운전하고 있다고 설명해주셨죠. 저도 모르게 터널 안에 있다는 사실을 까먹었습니다. 터널을 탈출할 수 없다는 망상에서, 교통사고로 한쪽 다리를 잃는 상상으로 집중력이 옮겨갔는지도 모르겠습니다. 기사님의 재활 이야기를 듣는 동안 아무렇지도 않게 숨이 쉬어졌어요. 정신이 얼마나 간사하게 몸을 가지고 노는지 저는 끝내 이해하지 못할 것 같습니다. 그런 저에게 기사님은 하나도 새로울 것 없는 말을 해주셨습니다.

"무서워도 마음을 굳게 먹고 살아가는 수밖에 없어요."

때로는 그런 말이 도움이 됩니다. 무슨 의미인지 진짜로 이해하는 이가 말한다면요.

터널을 빠져나온 뒤에도 기사님의 이야기는 계속되었어요. IMF 3개월 전에 식당을 차렸다가 크게 망한 일, 의족을 끼고 1종 면허를 딴 일, 다시 택시 운전을 시작한 일, 어렵게 돈을 모아서 결혼한 일 등 사연은 많고 많았습니다. 결혼 상대로 인기가 있지는 않았다고, 아무래도 다리가 불편해서 그랬던 것 같다고 그는 말했습니다. 제가 물었어요.

"그랬는데 아내분과는 어떻게 결혼하게 되셨어요?"

행복한 한숨 소리가 뭔지, 선생님도 아시죠? 그런 소리를 내며 기사님이 말씀하셨어요.

"지금 목적지가 1킬로미터 남았는데……"

그러고는 덧붙이셨습니다.

"이 얘기는 그 안에 다 할 수가 없어요. 도저히 짧게 말할 수가 없는 이야기예요."

우리는 침묵 속에 있다가 서로 공손히 인사한 뒤 헤어졌습니다. 아마도 다시는 만날 일이 없을 것입니다. 택시에서 내리자 호흡곤란 같은 건 온데간데없이 사라지고, 기사님이 품은 사랑 이야기의 수만 가지 가능성만이 제게 남아 있었습니다. 그것은 미지의 영역이죠.

미지라는 말은 좀 아름다운 것 같습니다. '아직 알지 못함'이잖아요. 언젠가는 알게 될 테니 시간에 두둥실 실려가보라고, 계속 살아보라고 등을 툭툭 쳐주는 단어로 느껴집니다. 폐소공포증처럼 실체를 파헤치고 싶은 일이 있는가 하면 그냥 미지의 영역에 두고 싶은 일도 있죠. 묻거나 해석하지 않아도 좋을 경험들 말입니다. 미처 듣지 못한 기사님의 사랑 이야기처럼요. 하지만 그렇기 때문에 고정되어버리기도 해요. 저에게 그는 길고 긴 사랑을 품고 택시를 모는 운전자로, 그에게 저는 터널 안에서 창문을 열며 우는 승객으로 영영 남을 것입니다. 미지란 그런 것이기도 합니다.

우리는 미지의 영역으로 남기고 싶지 않은 것들에 대해 글을 써왔습니다. 시간 안에 다 할 수 없을 것만 같은 이야기도 어떻게든 다듬어서 완성하곤 했죠. 그럼에도 불구하고 결코 쓰지 않는 이야기 또한 있었습니다. 각별한 경험을 어디에도 발표하지 않을 때 보존되는 자유와 행복을 선생님도 아실 겁니다. 말을 아낀 택시 기사님도 분명

아실 테죠.

　하지만 오늘은 묻고 싶군요. 도저히 짧게 말할 수 없는 사랑 이야기에 관해서요. 선생님께서 굳이 할 필요 없는 도배를 왜 했는지 저는 아직도 몰라요. 도배하는 남궁인은 미지의 남궁인입니다. 다만 일부러 힘을 빼려던 게 아닐까 추측할 뿐이에요. 지치고 싶어서 갑자기 대청소를 시작한 날들이 떠오릅니다. 선생님도 가끔은 마음을 보호하기 위해 육체를 지치게 만들지 않나요? 이를테면 저는 애인이 떠날 것 같을 때 혹은 떠났을 때마다 그랬습니다. 애인 없이도 이 집에서 쭉 살아가야 하니 말입니다. 혼자 있으면서도 외로움에 잠식되지 않으려면 구석구석 치우는 게 좋잖아요. 큰 가구도 번쩍번쩍 옮기고 서랍 정리도 다시 하고 이불은 햇볕에 소독하죠. 집 정리에 몰두하다 보면 혼자라는 사실을 그냥저냥 받아들일 수 있게 되었던 것 같습니다.

　청소는 제가 마음을 굳게 먹고 살아가는 방식입니다. 사랑이 지나간 자리를 쓸고 닦으며 마음을 굳게 먹는 건 선생님도 비슷할 듯합니다. 그때 무슨 생각을 하실지 궁금해요. 저는 엄청나게 고마웠다는 생각을 합니다. 뭐가 그렇게 고마웠냐면……

　알다가도 모르겠는 남궁인 선생님께

역시 짧게 말하기 어렵군요. 연인에 관해 쓰는 건 조심스러운 일이에요. 독자들이 제 글에 가장 자주 남긴 말은 '솔직하다'는 감상평인데요. 그것은 저에 대한 루머에 가깝습니다. 아시다시피 에세이는 솔직함과는 거리가 멀 때가 많죠. 하지만 사랑하는 상대로부터 커다란 배움을 얻으며 글을 쓰는 것만은 사실이에요. 때때로 연애는 엘리베이터와 터널에서의 망상도 가뿐히 극복하게 할 만큼 전지전능합니다. 바로 그 연인이 아니었다면 쓰이지 않았을 문장들이 제 책에는 수두룩해요. '하마'라는 가상 인물도 그렇게 탄생했죠. 제 글 속에서 하마는 빛나는 유머와 탄탄한 육체를 가진 오래된 연인입니다. 이슬아의 편집된 자아는 하마라는 축에 기대거나 부딪치며 활약하곤 했습니다. 실제 연인은 하마보다 훨씬 훌륭하고 복잡한 인물인데요. 그를 몰랐다면 하마 같은 캐릭터도 쓸 수 없었을 것이에요. 제 글에는 분명 연애와 함께 확장된 세계가 있습니다.

하지만 그게 과연 제 연인에게도 좋은 일이었을까요?

모르겠습니다. 어쩌면 택시 기사님처럼 말을 아끼는 게 나았을지도요.

작가랑 사귀는 사람들의 특수한 피로에 관해 생각하

고 있습니다. 선생님은 어떻게 생각하시나요. 동종업계
종사자이니 여쭤봅니다. 연인들의 마음은 가능한 한 미지
의 영역으로 두고 싶지 않기 때문입니다.

2021년 3월 22일

아는 게 힘인지 모르는 게 약인지 헷갈리는

이슬아 드림

남
궁
인

)

×

|

_____

_____

_____

하여간 언제나 사랑에서 힘은 얻는
이슬아 작가님께

_____

|

×

(

이
슬
아

지난 만남에 대해 변명을 하지 않을 수가 없군요. 그 회식은 제게 이번 달에 있었던 가장 중요한 자리였습니다. 기본적으로 한 달에 약속이 한두 개밖에 안 되니까요. 저는 아침에 설레는 마음으로 일어났습니다. 맘 편히 저녁 자리에서 놀 수 있도록 바지런히 온갖 잡무와 집안일을 했습니다. 세 시간 전 문득 도배지에 눈길이 갔습니다. 이틀 전 하루종일 집안을 바르고 남은 도배지였습니다. 그 커다란 뭉치가 왠지 절 보고 있는 것 같았습니다. 저는 갑작스럽게 남은 도배지를 모조리 벽에 발라버리고 홀가분한 마음으로 외출하기로 결정했습니다.

혼자 도배를 하는 것은 살림계의 최종 보스 같은 것입니다. 저는 막상 닥치면 뭐든 제 힘으로 할 수 있다고 믿으며 살았지만, 인터넷에서 절규와 회한이 가득한 셀프 도배 후일담을 발견하고 이미 풀이 발라진 도배지를 주문했습니다. 당직을 마치고 돌아와 도배지를 받자마자 하루종일 집안에 바르기 시작했습니다. 그것은 벽에 단순히 종이를 붙이는 일이 맞습니다. 하지만 가정집 벽에는 망할 콘센트도 있고 망할 방문도 있고 망할 두꺼비집과 책장과 선반과 망할 무거운 각종 집기들이 있습니다. 결정적으로 풀 먹은 도배지는 대단히 잘 찢어집니다. 하루만 도배를 하다보면 작업자는 도배지에 대한 욕을 끊임없이

하여간 언제나 사랑에서 힘을 얻는 이슬아 작가님께

창조할 수 있습니다. 조물주가 우리를 시험하기 위해 인간을 창조하고 연이어 풀 먹은 도배지를 창조한 것 같습니다.

　몸을 정직하게 쓰니 하루가 잘 지나갔습니다. 바르고 싶은 방에는 도배지를 다 발랐는데도 조금의 도배지가 남았습니다. 그 다음날에는 옥상에 올라가서 방수 페인트를 칠했고 집에 있는 구조물을 수리했습니다. 풀이 이미 발라진 도배지는 집안 구석에 길게 놓여 있었습니다. 이틀이 지나자 풀이 말라서 다음날이면 못 쓰게 될 것 같았습니다. 제 성격에 회식을 다녀와서 취기에 남은 도배지를 밤새 바를 것 같았습니다. 밤을 새서 하는 작업이라면 뭐든 익숙하니까요. 하지만 현명한 생각은 아닌 것 같았습니다. 숙련된 노동자처럼 작업복을 갖춰입고 목장갑을 끼고서 지저분했던 주방 벽에 도배지를 바르기 시작했습니다. 과연 도배지는 못 쓰기 직전이었습니다. 작업은 망할 두꺼비집과 세 개의 방문 때문에 복잡했습니다. 마지막 한 장을 남겨놓고 지금 안 나가면 늦는 시간이 되었습니다. 하지만 정확히 한 칸만 도배가 안 되어 있는 집을 상상해본 적 있습니까. 돌아오면 도배지는 못 쓰게 되는데요. 고개를 절레절레 흔들고 저는 마무리 작업을 선택했습니다. 약속 시간 10분 전에 집에서 나올 수 있었습니다. 약속장소인 상수동은 집에서 지하철로 30분, 택시로 안 막히면 20분이 걸립니다. 그 10분을 줄이기 위해 택시를 잡았습니다. 그게 시작이었습니다.

저는 운이 좋은 편입니다. 평생 엄청나게 많은 비행기와 기차와 버스를 탔지만 기적 같은 운명의 도움으로 단 한 번도 놓쳐본 적이 없습니다. 저는 제 운을 믿었기에 바삐 움직이는 택시를 상상했습니다. 하지만 금요일 5시 반에 정체 없는 강변북로를 만날 정도로 운이 좋을 수는 없었습니다. 한동안 금요일 저녁 약속 같은 건 없었던 현실감각 또한 한몫했습니다. 주차장이 된 강변북로에서 절규와 회한이 포함된 많은 생각을 했습니다. 그러다가 참지 못하고 기사님에게 물었습니다.

"이 시간에 차가 안 막힐 수도 있나요?"

기사님은 신중하게 답했습니다.

"그런 날이 있을 수도 있겠지만……"

저는 다시 물었습니다.

"제가 약속 시간에 조금이라도 맞추려면 지하철을 탔어야겠죠?"

기사님은 다시 눈치를 보다가 의외로 호쾌하게 답했습니다.

"네. 손님은 어리석은 선택을 하셨습니다. 당연히 택

시를 타면 안 되죠."

차가 가득찬 강변북로 한복판이었습니다. 기사님은 제가 어리석음을 자책하다 택시에서 뛰어나가 달리기를 할 수 없다는 사실을 눈치챘던 것입니다. 그리고 아시다시피 약속장소까지는 한 시간 반이 걸렸습니다.

저는 많은 강박으로 이루어진 사람입니다. 대부분 타인에게 해를 입히지 않는 강박입니다. 시간을 낭비해서는 안 된다는 강박과 물자를 낭비해서는 안 된다는 강박이 대표적입니다. 뭐든 스스로 해야 하고 택시나 자가용보다는 대중교통을 타야 하며 불편함을 최대한 참아야 하고 타인에게 실례하면 안 된다는 것도 있습니다. 그 총합으로 이루어진 삶은 대단히 딱합니다. 변기가 고장나면 인터넷에서 양변기 부속품을 14000원에 주문해서 세 시간 동안 물을 맞아가며 고쳐야 합니다. 얼마 전에는 보일러에서 물이 새길래 직수구와 출수구와 동파 방지 테이프까지 모조리 뜯었습니다. 그야말로 진흙 바다였지요. 이전엔 이케아에서 책장 3개와 다른 가구들을 잔뜩 샀습니다. 배송비가 5만 원이 넘는다길래 모조리 중형차 한 대에 싣고 왔습니다. 간신히 운전할 수 있는 공간만 남더군요. 엘리베이터 없는 4층까지 낑낑대며 들고 와 조립한 뒤 골병에 시달렸습니다.

강연료가 박한 지방 강연도 많이 다닙니다. 굳이 그 시간에 놀 필요도 없고 요청 주신 분들에게 거절하는 것이 죄송스러워서입니다. 한번은 버스를 세 번 갈아타고 지방 강연장에 도착했는데 담당자분이 대중교통 타고 온 강사는 처음 봤다고 말씀해주셨습니다. 병원에서는 의료용으로 엄청나게 많은 일회용품을 쓰지만, 근무중 개인적인 용도로 종이컵은 단 하나도 쓰지 않습니다. 환경보호와 물자절약을 위해서입니다. 저번에는 냉장고에서 6개월 전에 볶아놓은 오징어볶음을 발견했습니다. 오징어가 보이지 않을 정도로 곰팡이가 수북했지만, 솔직히 걷어내면 먹을 수 있지 않을까 잠깐 생각했습니다. 조금 아까웠고 6개월 전에는 맛있었거든요. 식재료가 낭비되는 일은 너무 싫습니다. 얼마 전까지도 여행지에서는 항상 게스트하우스에서 잤습니다. 몸이 조금 불편한 게 마음이 편했습니다. 아동보호단체에는 천만 원을 일시불로 기부해도 전혀 아깝다는 생각이 들지 않지만, 저 자신과 관련된 일에는 이상하게 엄격하고 인색합니다.

그 총합이 저라는 사람입니다. 혼자 벽지를 주문해 도배하고 롤러로 옥상에 페인트를 바르는 저는 그래서 존재하게 되었습니다. 벽지를 못 쓰고 낭비할까봐 차라리 조금 늦는 편을 택한 저도 그래서 존재했고요. 누군가에게는 사연이 있습니다. 언제나 타인은 그것을 완벽하게 이해하지 못합니다. 그럼에도 약속장소에 한 시간 이십 분 늦는 일은 일방적으로 무례합니다. 그것은 타인에게 피해를 입히는 행위였습니다. 제 안의 강박과 강박이 충돌했기에, 저는 한 시간 삼십 분간 택시에 앉아 많은 생각을 했습니다. 내 욕심이 누군가를 힘들게 하고 있다는 불안감이었습니다. 딱 두 점만 남은 떡볶이를 나중에 먹겠다고 냉장고에 넣는 저를 보고 혀를 차던 이전 애인을 떠올렸습니다. 3일이 지난 떡볶이를 냉장고에서 꺼내 먹어도 누군가에게는 해가 되지 않겠지요. 그러나 어떤 강박은 명백하게 타인에게 해를 끼칩니다. 그중에서 누군가를 가장 괴롭게 만든 것은 바로, 모든 것을 기록하는 강박입니다.

단연코 글쓰기는 세상으로부터 제게 많은 것을 가져다주었지만 그만큼 많은 것을 잃어버리게 한 강박일 것입니다. 저는 응급실을 포함한 제 주변의 많은 이야기들을 하나도 놓치지 않고 기록하던 사람이었습니다. 특히 사람들이 제 글을 봐주기 시작할 때, 지금의 저도 놀랄 정도로 어마어마하게 많은 글을 써냈습니다. 당연히 연애와 사랑에 대한 것도 있었지요. 『제법 안온한 날들』에 나오는 연애담은 제가 써왔던 연애 이야기의 10분의 1도 담지 않았습니다. 그 글들에서는 저로 가정할 수 있는 화자와, 분명히 누군가를 모델로 썼겠지만 그 사람과는 완벽히 닮지 않은 대상이 출연했습니다. 적어도 실제 모델이 그 사실을 눈치챌 정도는 되었습니다. 그래서 우리는 모두 영원히 행복했을까요? 하찮은 창조자에게 박제당한 사람이 영원히 그 사료를 감동적으로 마음에 새기며 살아가게 될까요?

그것은 기록자와 기록당하는 자의 전쟁이었습니다. 일단 이미 기록해버린 진심은 질투심을 불러일으킬 수밖에 없었겠지요. 대상으로 묘사된 사람이 자신과 외양이 다르다고 다투는 일 또한 예사였습니다. 문제는 지금도 끊임없이 창작하고 있는 연인이었습니다. 그 기록을 엿보면 도저히 자신에 대한 사랑이 진심인지 알 수가 없습니다. 그 안에서는 변형되었지만 일부는 사실인 일이 섞여 있으니까요. 심지어 감정만은 진솔하게 기록되어 있습니다. 연인은 혼란스럽고 괴로워할 수밖에 없었겠지요. 그럼에도 창작자는 '하마'처럼 가상의 인물을 만들어낼 수밖에 없었습니다. 저는 쓰고 또 쓰다못해 제 글을 본 연인의 반응까지 창작한 적이 있습니다.

"저는 당신이 지어내는 글이 실제라고 믿지 않아요. 언젠가부터 당신의 글에서 주인공은 저로 치환할 수 없는 여자로 바뀌고, 당신은 가상의 현실에서 고독해야 했어요. 그것은 도리어 저를 고독하게 만들거나 당신의 작화로 태어난 저를 공격했어요. 그래서 저는 그런 당신의 글을 읽곤 무감하려고 노력하다가, 결국은 읽지 않거나, 읽더라도 사실이 아니라는 점을 강조해서 독해했어요. 저는 이제 당신의 글은 전혀 사실이 아니라고 믿어요. 당신이 언제 어떤 편지를 쓰더라도 나는 그 글에 당신의 진심이 담겨 있지 않다고 믿어요. 그것은 당신이라는 연인을 불신하는 일로 귀결되었지요. 저는 당신이 영원히 거짓만을 쓸 것이라고 장담해요."

이걸 불 꺼진 방에 틀어박혀 쓰는 사람이 행복했을까요? 그럴 리가 없습니다.

사랑은 어떤 시공간에 남겨두어야 가장 완벽합니다. 그 사실을 모르지는 않습니다. 죽어버린 시간은 모두 미지의 영역으로 가버립니다. 그것을 풀어내서 기록해도 당시 설명할 수 없는 아련한 공기에는 비견할 바가 아닙니다. 다만 일방적인 죽음만은 아니기 위해 그런 것을 쓰고 있겠지요. 어쩌면 강박이 그것을 자꾸 이상한 형태로 부활시키고 있는 것 같습니다. 일전에 저는 지난 연애 이야기를 한 사람에게 모조리 털어놓기로 작정했습니다. 시간이 일주일이나 걸렸고 어마어마한 양의 알코올이 필요했습니다. 기억의 퍼즐을 모조리 맞춘 듯했지만, 막상 아무것도 시작하지 않은 기분이 들었습니다. 기록되지 않아서였을까요, 아니면 말이라는 수단은 휘발되기에 더욱 부족함을 느꼈기 때문일까요. 죽음에 저항하는 일은 그렇게 힘겹습니다. 다만 짧게 발설할 수 없기에 우리는 길고 긴 글을 쓰고 있습니다.

누군가에게 전혀 오해가 없으려면, 분명히 명시된 대상자가 등장해서 지고지순한 사랑을 하는 글을 써야겠지요. 알다시피 그것은 이미 불가능해진 일입니다. 우리는 너무 많은 것을 써버렸습니다. 하지만 제게는 분명히 그런 꿈이 있습니다. 저는 절대적인 사랑에 기반한 글을 많이 썼습니다. 그것은 반은 실존하는 인물이고 반은 가상인 인물에게 바치는 경배 같은 것이었습니다. 정말로 사랑하는 대상이 생기면 저는 제 모든 것을 끌어다가 평생을 바쳐 글을 쓸 것입니다. 아쉽게도 그 사람은 제 옆에 없고 저는 그 사람이 누군지 아직 모릅니다. 오늘따라 유난히 제가 일기장에 썼던 글을 많이 인용합니다.

"언젠가는 꼭 너의 따뜻한 손에 대해서 글을 쓰겠다고 했어. 우리가 처음 만났던 날과 너의 따스한 품에 관해서도, 네가 했던 신비로운 말과 너의 짧은 눈썹과 같이 들었던 음악에 대해서도. 약속한 글을 전부 실현하다보면 분명 평생이 걸릴 거야. 우리의 믿을 수 없는 순간들은 한 제국의 역사처럼 방대해서 기록하는 데 거의 한 생을 온전히 소모해야 할 정도니까. 그렇다면 나는 너를 기록하는 역사가가 되는 거야. 네 옆에 일생을 머물면서 너를 치밀하게 기록하는 사람, 너에 대해 모든 것을 기억하고 또 편찬하는 사람. 나는 기꺼이 생을 다 바쳐 당신이라는 역사의 지극한 사서가 되는 거야."

저는 사랑에 빠지면 단 한 사람하고만 밥을 먹고 술을 마시며 지냅니다. 하루의 모든 행동과 생각을 그 사람에게만 집중하고야 맙니다. '당신이라는 역사의 사서'라는 표현은 덕분에 탄생했습니다. 지금은 사랑하지 않는 어떤 사람에게 바치는 헌사였겠지요. 이렇게 작가의 많은 것은 박제됩니다. 그것은 치욕스러운 반대급부가 있는 일입니다. 그럼에도 쓰는 사람은 사랑을 이야기하지 않을 도리가 없습니다. 우리의 감정을 부수고 가장 격하게 만드는 일은 모두 사랑과 관련이 있습니다. 제 견고한 강박을 부수는 일 또한 사랑이라면 가능합니다. 연인이 타박하면 저는 남은 음식을 음식물 쓰레기통에 버릴 수도 있고, 호쾌하게 택시를 잡아 탈 수도 있습니다. 가장 큰 사랑에 빠졌을 때, 저는 능히 아무것도 쓰지 않고 살 수 있다고도 생각했습니다. 실제로 연인을 위해서 사랑에 대한 창작을 그만두기도 했습니다. 다만 사랑이 부서지면 강박은 다시 공고해지기도 합니다. 이별의 미움을 이기기 위해 핸드폰을 끄고 온 집에 도배지를 바르기도 하고, 다시 이렇게 연애담을 쓰기도 합니다.

치욕을 예견하면서도 용기를 내서 사랑에 대해 적을 때 우리의 손끝에서는 무엇인가 굉장한 존재가 탄생합니다. 그것은 미지의 발끝에도 미치지 못하지만, 패배를 동경하기에 유난히 아름답습니다. 그곳은 생략과 절제와 가상과 창작과 온갖 가능성이 있는 세계입니다. 작가님이 만난 택시 기사님의 사랑 이야기처럼요. 기록을 마친 자아는 너무나 중독적입니다. 작가님도 저도 그 눈물나는 순간을 겪었기에 지금도 치욕을 이기고 글을 적어내고 있겠지요. 스무 살의 까궁인은 싸이월드 다이어리에 이렇게 적었습니다.

"사랑은 말해버린 죄조차 너무 아름다우니."

토악질이 날 만큼 느끼한 문구지만, 20년 전의 제가

너무 큰 사랑에 빠져 표현하려고 발버둥쳤다는 사실을 증명하는 하나의 박제임은 분명합니다. 너무나 많은 것을 잃어도 사랑은 작성될 수밖에 없습니다. 우리는 불완전한 미지를 동경하는 존재이기 때문입니다. 아름답기에 위험을 무릅쓰고 패배로 귀결되는 전쟁을 끊임없이 할 수밖에 없기 때문입니다.

'이슬아와 남궁인의 서간문 연재, 이대로 괜찮은가' 대담회에서 와인을 한 병 마신 작가님은 세 번 반복해서 다짐했습니다. 제가 기-승-전-응급실로 마치는 글을 쓰지 못하게 하겠다고요. 역시 이 편지에서 응급의학과 의사 남궁인은 나오지 않습니다. 사랑에 대해서 이야기하는 사람은 의궁인일 필요가 없습니다. 사랑을 하는 사람은 어떤 직업이나 신분을 가진 사람이 아니라 그냥 그대로의 그입니다. 역시 작가님은 제 답장의 메커니즘을 완벽하게 파악한 영리한 사람입니다. 사랑에 대해서 적는 사람은 작궁인('작은 남궁인'이 아닌 '작가 남궁인')일 수밖에 없습니다. 그는 너무 많은 것을 박제해서 앞으로도 영원히 오해의 소지를 남겨놓은 사람입니다. 타박당하느라 쩔쩔매고 처량한 사람입니다. 그럼에도 엉망진창인 연애를 마치고 돌아와 다시 이렇게 쓰는 사람입니다. 단언합니다. 작가의 연인에게 좋은 일이라고는 없습니다. 우리는 언제나 누군가와의 사이에 있는 폭발물 같은 오해에 시달릴 것입니다. 그럼에도 우리는 이 일을 멈추지 못할 것입니다.

2021년 3월 29일

이 편지조차 사실임을 장담할 수 없는

남궁인 드림

하여간 언제나 사랑에서 힘을 얻는 이슬아 작가님께

이
슬
아
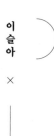

×

이래저래 궁상스러운 남중인 선생님께

×

남
궁
인

지난 편지를 읽는 내내 생각했습니다. 선생님에겐 남궁인보다는 남궁상이라는 이름이 더 어울릴 것 같다고요. 물론 선생님의 물자절약 습관은 참으로 훌륭하고, 망가진 변기와 보일러를 직접 수리하는 능력도 미덥지만, 6개월 전에 볶아놓은 오징어볶음을 곰팡이만 걷어내고 먹으려 한 시도는…… 너무했던 것 같습니다.

언제가 제가 선생님께 질문했지요. 혹시 돈을 겁나게 열심히 벌어야만 하는 사정이 있는 거냐고요. 조금 심하다 싶을 정도로 쉬지 않고 많은 일을 하고 계시기에 여쭤본 것이었습니다. 제가 학자금대출을 상환해야 했던 것처럼, 월셋집을 탈출해야 했던 것처럼, 그리고 집에 쌓인 빚을 청산중인 것처럼, 선생님께도 사정이 있을 수 있잖아요. 하지만 남궁인 선생님의 직업은 의사 아닙니까. 연봉도 높고 당장 돈이 궁하지도 않을 듯한 분이 왜 그렇게까지 과로하시는지 궁금했는데, 정답은 '거절을 못해서'였군요. 강연료가 박한 강연도 안 가리고 다니시고, 버스를 세 번 갈아타며 지방까지 행차하시고, 적은 고료의 원고 청탁도 수락하시는 이유가 거절을 못해서라니…… 놀라웠습니다. 선생님의 검소함도 놀랍고 물렁한 마음도 놀라운데요. 무엇보다 놀라운 건 그 모든 걸 감당해내는 선생님의 체력입니다.

이래저래 궁상스러운 남궁인 선생님께

저는 거절을 잘하는 편입니다. 체력이 모자라기 때문이죠. 불러주시는 곳마다 선생님처럼 다 갈 수 있다면 좋겠지만 체력이 약한 사람은 힘을 아껴 써야 합니다. 아무리 피곤해도 꼭 해야만 하는 일들이 있는데요. 그런 일을 할 때 너무 지쳐 있지 않기 위해 일을 가려서 받습니다. 일을 받을 경우 거래처의 살림 규모에 따라 페이를 상향 조정하기도 합니다. 제게 예산을 더 넉넉히 써주실 수 있냐고 여쭤보는 것은 익숙한 일이에요. 프리랜서 생활 8년 내내 반복해온 일이죠. 한편 돈을 더 달라고 요청하는 남궁인 선생님의 모습은 좀처럼 상상되지 않는군요. 주는 대로 받으실 테니까요. 저는 그렇지 않습니다. 의사 같은 본업이 따로 없으니 작가로서의 몸값이 곧 생계인데다가, 돈을 벌어야 할 이유가 아주 많은데 체력은 약해서 한 번 일할 때 최대한 많이 받아야 하거든요. 그렇게 받은 돈으로 시간을 벌고는 잘하고 싶은 일에 씁니다. 잘하고 싶은 일을 충분히 잘하려면 아직도 멀었지만 어쨌거나 저라는 인력을 아껴가며 운영하고 있습니다. 반면 선생님은 저보다 훨씬 무던하게 일을 받으시는 듯해요. 선생님의 무던함과 저의 까다로움 모두 미덕이라고 생각합니다.

우리의 서로 다른 강연 빈도를 체력 차이 혹은 돈에 대한 집념 차이로만 설명할 수는 없을 것입니다. 말하려는 의지의 차이가 훨씬 더 근본적이겠죠. 강연이란 어쨌거나 이야기보따리를 푸는 일 아니겠습니까? 저는 말을 못하는 편이 아니지만 사람들 앞에서 이야기보따리를 자주 풀면 몸이 아픈 느낌이 듭니다. 일방적으로 혼자 떠드는 게 괴로워서 그런 것 같아요. 선생님도 때로는 강연이 버거우시겠지만 비교적 거뜬히 하고 계신 것처럼 보입니다. 애초에 저보다 할 얘기가 많은 분일지도 모르겠어요. 온갖 주제로 온갖 기관에서 말을 하시니까요. 의학 지식과 응급실 현장에 대한 강연뿐 아니라, 글쓰기 강연, 노동인권 강연, 각종 사고 대처 강연, 아동학대 예방 강연 등 종류도 다양하더군요. 심지어 육군본부에서 올바른 육아에 관한 강연도 하셨던데…… 그 기세라면 셀프 도배와 화장실 수리 강연까지 가능하겠습니다. 유튜브에 남궁인을 검색하면 선생님의 강연 영상을 50편 이상 찾아볼 수 있던데요. 이러한 검색 결과에서도 선생님의 무던함을 실감합니다. 저는 강연 영상이 웬만하면 유튜브에 업로드되지 않도록 사전에 엄격하게 합의해두거든요. 과거의 제가 움직이며 말하는 모습이 기록되어 떠도는 것은 아주 두려운 일이니까요. 그 결과 저의 강연 영상은 10편 미만입니다. 저에 비하면 기록당하는 자로서의 남궁인은 딱히 까다롭지 않은 듯합니다.

한편 기록하는 남궁인이 강박적이라는 것에는 이견이 없습니다. 빠르게 많은 글을 써내는 것으로는 저도 어디 가서 뒤지지 않는데, 남궁인 선생님 앞에서는 살짝 후달리는 느낌이 들어요. 선생님은 말뿐 아니라 글에서도 할 얘기가 늘 많으시죠. 우리의 서간문만 봐도 그렇습니다. 방금 전 출판사에 연락하여 확인해보니 지금까지 저는 187매를, 선생님은 257매를 쓰셨더라고요. 번갈아가면서 편지를 한 통씩 써왔는데 분량이 70매나 차이 난다니…… 아니 도대체 편지를 왜 이렇게 길게 쓰신 겁니까? 2주에 한 번씩 마감 고생을 한 건 똑같은데 선생님께 70매가량의 원고료가 추가로 입금된다고 생각하면 약간 울화통이 터지는군요. 앞으로는 짧고 굵은 편지를 쓰시길 바랍니다.

몸을 사려가며 일을 받는 저도 가끔씩은 강연을 합니다. 강연을 하는 날에는 글을 못 써요. 이야기하고 싶은 욕망이 강연에서 다 소진되기 때문이에요. 종일 말을 아꼈다가 강연장에 가서 싱싱한 기분으로 이야기를 시작하려 노력합니다. 누가 듣고 있느냐에 따라 조금씩 달라지는 강연이 좋은 강연이라고 생각해요. 서간문 연재에도 비슷한 구석이 있죠. 화자가 청자와 부드럽게 상호작용하면 특별한 에너지가 만들어지잖아요. 그게 잘 되지 않아서 고역인 강연도 있지만, 아주 잘 돼서 집에 돌아가는 길까지 마음이 뜨끈한 강연도 있어요.

최근에는 백화점 문화센터에서 강연을 했는데요. 그날따라 저의 아주 좋은 것을 바치고 싶은 마음이 들었습니다. 무대에 오르자마자 서른 명의 독자분들께 말씀드렸어요. 오늘 이 시간을 아주 좋은 시간으로 만들고 싶다고. 혼자서는 완성할 수 없는 것이라 독자님들이 조금 도와주셔야 한다고. 저를 도와주고 싶으실 독자님들을 위해 도움의 방법을 구체적으로 알려드렸습니다. 마스크를 쓴 시대인 만큼 눈빛과 눈썹을 최대한 활용하여 커다란 애정을 전해주실 것. 입으로만 웃으면 보이지 않으니 꼭 소리내어 웃어주실 것. 이야기를 듣다가 궁금한 것이 생기면 참지 않고 물어봐주실 것. 그날의 독자님들은 이 세 가지를 온몸으로 이행해주셨어요.

그러자 저는 다른 강연에서 하지 않은 이야기를 즐겁게 꺼내놓게 되었습니다. 사실 백화점 문화센터는 제가 20대 초반에 셀 수 없이 자주 드나들던 곳이거든요. 그때는 누드모델로 일했으니까요. 전국의 백화점 문화센터에서 진행하는 각종 크로키 수업, 유화 수업에 섭외되어 매주 모델로 섰습니다. 돈이 없어서 식비를 열심히 아껴가며 출퇴근했어요. 문화센터에서 모델 일이 끝나면 어느 백화점에나 있는 지하 2층 푸드코트에 앉아 북적이는 인파와 시끄러운 소음 속에서 값싼 저녁을 먹었죠. 사실 푸드코트는 지하뿐 아니라 지상 8층에도 하나 더 있는데요. 그쪽 푸드코트의 식당들은 모든 메뉴가 지하보다 비쌉니다. 지하 푸드코트에서만 밥을 먹었던 건 그래서였어요. 일이 유독 힘들고 서러웠던 날에는 백화점 화장실에 들어가 울기도 했습니다. 백화점 화장실은 쾌적해서 울 맛이 난다고, 더러운 화장실에서라면 결코 울지 않았을 거라고, 스물두 살의 제가 적었던 기억이 납니다. 그 무렵엔 글쓰기로 돈을 벌지는 못했지만 글쓰기가 저의 중요한 부분을 수호해줬던 것만은 분명했어요. 이런 이야기를 그날의 독자님들 앞에서 회상하면서 고난을 고난으로만 두지 않게 하는 속성이 글쓰기에 있는 것 같다고 말했습니다. 어떤 경험은 글로 쓰면 견딜 만해지니까요.

하지만 어떤 경험은 글로 쓰면 쓸수록 비참해집니다. 그 경험을 잘 다룰 깜냥이 아직 없어서겠죠. 혹은 써야 할 이야기와 쓰지 말아야 할 이야기를 분간하지 못해서일 수도 있고요. 제가 누드모델로 일하던 나이와 남궁인 선생님이 싸이월드에 "사랑은 말해버린 죄조차 너무 아름다우니" 같은 문장을 쓰던 나이는 얼추 비슷합니다. 이제는 저런 문장을 쓰지 않으시겠죠. 사랑을 말한 사례 중 아름답지 않은 사례가 얼마나 많은지 아시잖아요. "치욕을 예견하면서도 용기를 내서 사랑에 대해 적을 때 우리의 손끝에서는 무엇인가 굉장한 존재가 탄생"한다는 선생님의 문장에는 일면 동의하지만, 저는 너무 커다란 치욕은 피하는 게 상책이라는 입장입니다. 왜냐하면 치욕은……그야말로 치욕스러우니까요. 특히 연애 얘기를 후지게 한 대가로 얻는 치욕은 더욱 괴롭잖습니까. "너무나 많은 것을 잃어도 사랑은 작성될 수밖에 없"다고 말하는 선생님의 양어깨를 붙들며 외치고 싶네요. 너무나 많은 것을 잃어가면서까지 사랑을 작성할 필요는 없다고요. 연인에 관해 끊임없이 쓸 필요도 당연히 없고요. 그것은 또다른 궁상입니다. 제가 저에게 하는 소리이기도 해요. 우리와 우리의 연인들이 행복하기를 바라니까요.

저는 남궁인과 함께 남궁인의 문장을 부정하고 싶습니다. 작가의 연인에게 좋은 일이라고는 없다고 단언하셨는데요. 어떤 작가냐에 따라 천차만별이겠으나 저는 작가의 연인에게 좋은 일이 아주 많을 수 있다고 생각합니다. 제가 살면서 겪은 최고의 연애는 작가와의 연애이기 때문입니다. 쌍방으로 작가의 연인이 되자 서로 엄청나게 신중해지고 정교해졌던 것을 기억합니다. 기록하는 자와 기록당하는 자의 정체성을 동시에 겪어서겠지요. 작가들끼리 사랑을 해도 서로를 오해하는 건 어쩔 수 없습니다. 그러나 사랑을 창작물로 옮겨적을 때 가장 나은 버전의 왜곡, 가장 나은 버전의 대상화가 무엇일지에 관해 두 사람의 지혜가 모아진다는 점에서 둘 중 한 명만 작가인 경우보다 발전적이었던 것 같습니다. 무엇을 절대로 쓰지 않을지에 대한 감수성도 훨씬 예민해지고요. 만약 선생님이 선생님만큼이나 강박적으로 연인을 기록하는 자를 연인으로 두신 적이 있다면 알고 계실 겁니다. '닥침'의 미덕을요. 기록하지 않고 기록되지 않는 아름다움을요. 징그러울 만큼 능수능란하게 기록할 수 있는 자들이 기록을 멈출 때 보존되는 충만함을 기억해봅시다. 작성하지 않아도 사랑은 우리의 강박을 부숩니다. 우리는 닥침으로써 어떤 전쟁은 막을 수 있습니다.

선생님은 지난 연인에게 "당신이라는 역사의 지극한 사서"가 되겠다고 맹세하셨는데요. 저는 한때 사서가 꿈이었지만 어떤 연인에게도 "당신이라는 역사의 지극한 사서"가 되겠다고 말할 자신이 없습니다. 누군가가 저라는 역사의 사서를 자청한다면 "네가 뭔데 감히"라고 말하며 웃을 것입니다. 우리는 자신이라는 역사의 사서 되기에도 실패하는 사람들입니다. 무엇보다 역사는 아주 여러 사람이 기록해야 그나마 왜곡이 덜합니다. 편찬자들은 다양할수록 좋다고 생각합니다. 그러므로 우리가 문장력만큼이나 갈고닦아야 하는 건 '닥침력'일지도 모릅니다. 사랑하는 사람에 대해 우리보다 더 훌륭하게 편찬할 사람들이 또 있을 테니까요.

2021년 4월 5일
남궁인이라는 역사의 수백 명 사서 중 하나인
이슬아 드림

이래저래 궁상스러운 남궁인 선생님께

치욕을 예견하면서도 용기를 내서 사랑에 대해 적을 때

우리의 손끝에서는 무엇인가 굉장한 존재가 탄생합니다.

우리는 언제나 누군가와의 사이에 있는

폭발물 같은 오해에 시달릴 것입니다.

그럼에도 우리는 이 일을 멈추지 못할 것입니다.

'닥침'의 미덕.

기록하지 않고 기록되지 않는 아름다움.

징그러울 만큼 능수능란하게 기록할 수 있는 자들이

기록을 멈출 때 보존되는 충만함을 기억해봅시다.

우리는 닥침으로써 어떤 전쟁은 막을 수 있습니다.

그러므로 우리가 문장력만큼이나 갈고닦아야 하는 건

'닥침력'일지도 모릅니다.

남
궁
인

×

타협의 미덕을 설파하는 강연계 동영자
이슬아 작가님께

×

이
슬
아

첫인사로 '빙고'를 크게 외쳐봅니다. 안 그래도 저는 남궁상이라고 많이 불렸습니다. 사전에서 '궁상'은 '어렵고 궁한 상태'나 '궁하게 생긴 상'을 뜻하고, '궁상떨다'는 '어렵고 궁한 상태가 드러나 보이도록 행동한다'는 뜻입니다. 제 삶의 궤적을 옆에서 본 사람이라면 도저히 그렇게 안 부를 수가 없었습니다. 너무 정확한 어휘이기 때문입니다. 저는 상당히 괴상한 성장기를 보냈습니다. 지나치게 빈궁했던 나머지 지금 생각하면 납득이 가려다가도 고개가 절레절레 흔들립니다. 여섯 달 된 오징어볶음을 먹으려고 진짜 시도할 생각은 없었습니다. 다만 '아깝다. 먹을 수 있지 않을까?'라는 생각이 문득 스쳐간 것이 놀라웠습니다. 사실 제가 편지에 쓴 많은 이야기는 과거의 순간과 연결됩니다.

저는 대학을 졸업할 때까지 부모님의 반포동 아파트에서 살았습니다. 강남 8학군의 교육열 속에서 종합반과 단과반을 번갈아 다니며 수능으로 한 번에 대학에 입학했습니다. 이후에도 등록금을 제가 벌 필요도 없었고, 집에 빚이 있었던 것도 아니었습니다. 별다른 구김살 없이 의사로 성장하는 흔한 이야기입니다. 실제 저는 가난이라고는 겪지 않고 성장기를 보낼 수 있었습니다. 그런데 왜일

닥침의 미덕을 설파하는 강연계 동업자 이슬아 작가님께

까요. 제가 어렸을 때 뇌리에 남은 것은 가난해질 수 있다는 마음이었습니다. 부모님은 제가 나태해질 것을 두려워했던 탓인지, 아니면 당신들께서 성장기에 겪었던 사건들 때문인지, 항상 모든 것을 잃어버리는 일을 가르쳤습니다. 그리고 세상에서 무엇인가 얻는 일은 너무나 힘겨운 것이라고 반복해서 말씀하셨고, 실제 본인들 또한 그렇게 검소하게 생활하셨습니다. 저는 예민한 성정에 그 사실을 너무 압도적으로 받아들이고 말았습니다. 세상에는 많고 많은 귀한 재화가 존재했지만, 궁극적으로 내 것은 아니었습니다. 세상에서 제가 얻을 수 있는 것은 극소량일 뿐이었습니다.

대신 저는 어마어마하게 튼튼한 육체를 물려받았습니다. 잘 고장나지 않고 무엇을 먹어도 탈나지 않으며 모두가 인정할 정도로 체력이 좋고 모험심과 호기심까지 넘치는 육체였습니다. 대학 시절의 남궁상은 가난한 마음과 튼튼한 육체를 바탕으로 괴상한 모험을 다녔습니다. 스물두 살, 그는 이런저런 일을 해서 모은 돈 150만 원으로 중국 톈진행 배에 올랐습니다. 그는 자신의 처지가 여기 사람들과 크게 다를 바 없으니, 현지인이 먹는 밥을 먹고 현지인이 자는 곳에서 잠을 자겠다고 다짐합니다. 그 나라의 언어를 사용하며 그 도시에서 가장 저렴한 밥을 먹고 저렴한 숙소에 묵으며 어떤 식사라도 남김없이 먹는다는 방침이었습니다. 처음 고수가 들어간 국수를 먹고 정말 토할 뻔했지만, 한 달만 참고 먹으니 고수로만 한 끼를 먹을 수 있게 되더군요. 그럼에도 17년 전 중국에서 가장 저렴한 숙소의 수준은 정말 경악스러웠습니다. 온갖 생물과 동침해야 하는 것은 물론이고 천장이나 벽이 없는 방, 창문이 다 깨진 방, 문이 없는 공용 화장실, 각종 세균이 눈에 보일 정도로 득실거리는 변기와 세면대, 인간들이 남기고 간 엄청난 체취가 있었습니다. 종종 화장실에 들어가면 즉시 누군가의 항문에서 변이 나오는 광경을 볼 수 있었습니다. 온통 세상에서 처음 보는 것들뿐이었습니다.

그 여정은 세 달을 넘겼고, 티베트에서 인도까지 이어졌습니다. 당시 세상에 존재하는 가장 저열한 식사와 교통수단과 숙소를 모조리 경험했습니다. 엄청난 악취가 나는 침대버스에서 노숙자가 쓸 법한 이불을 덮고 잠을 청하면 옆에서 아무렇지 않게 담배를 피워 물던 사람과 남은 컵라면 국물을 버스 바닥에 쏟아붓던 사람이 생각납니다. 그때의 악취는 훗날 병원에서 일할 때 많은 경험이 되었습니다. 일흔다섯 명쯤 실린 50인승 버스에서 스프링이 튀어나온 구석자리에 앉아 24시간을 꼬박 여행하기도

닥침의 미덕을 설파하는 강연계 동업자 이슬아 작가님께

했습니다. 그 버스에 사람이 제대로 앉을 수 있는 좌석은 10개 남짓이었습니다. 정말이지 엉덩이에 구멍이 나는 줄 알았습니다.

티베트에서는 트럭 바닥에서 침낭을 뒤집어쓰고 히 말라야산맥을 넘었습니다. 원래 현지인만 티베트 접경을 통과할 수 있었지만, 당시의 몰골과 현지인에 가까운 언 어 구사로 가볍게 통과했습니다. 인도에서는 한 달간 현 지인이 먹는 밥을 손으로 집어먹고 물까지 모조리 마셨는 데도 기적처럼 배앓이 한 번 안 겪었습니다. 현지 친구가 끊어준 표 덕분에 닭과 염소와 당나귀와 같이 기차를 타 기도 했습니다. 짐 놓는 선반으로 기어올라가서 가방을 안고 잠들었지요. 옷이 다 떨어져 현지에서 가장 싼 옷을 사서 입기도 했습니다. 지구촌 빈자의 삶이었고, 100일 동안 150만 원으로 넉넉히 여행했습니다. 집에 돌아오자 어머니는 악취에 놀라서 제 모든 소지품을 세탁기에 넣다 가 제 몸까지 넣어야 하는 것 아닐까 고민하셨습니다. 다 행히 세탁기를 면하고 샤워하러 화장실에 들어갔는데, 낯 설었습니다. 아파트의 잘 갖춰진 샤워실은 왠지 제가 살 던 곳이 아닌 것 같았습니다.

그래서인지 남궁상은 이듬해에 250만 원을 모아 다

시 떠났습니다. 이번에는 최종 행선지가 이집트인 육로 여행이었습니다. 배를 타고 블라디보스토크로 가서 꼬박 일주일 동안 모스크바까지 기차를 탔습니다. 유럽 대륙으로 진입하자 벌써 돈이 떨어지고 있었습니다. 중간에 대차게 사기까지 당하자 남궁상의 포텐은 폭발했습니다. 유럽에서의 처지와 신분에 걸맞게 한동안 식당에서 식사를 하지 않았습니다. 대신 마트에서 빵과 잼을 사서 공원 벤치에서 발라 먹었습니다. 가끔 인종차별하는 무리들이 온갖 욕설을 하고 지나갔습니다. 숙소도 이삼일에 한 번씩만 제일 싼 여행자숙소에서 묵었습니다. 야간 버스나 기차를 타고 나머지 시간을 역에서 보내는 식이었습니다. 손발이 오그라들게 추운 중앙역에서 노숙자와 집시들과 함께 음식을 나누어 먹으며 뜨는 해를 기다렸습니다. 세면은 역사 화장실에서 해결했습니다. 하루는 몸이 이상하게 무기력한 괴혈병의 조짐이 있길래 마트를 찾아 비타민 C 가성비가 가장 좋은 레몬을 사서 길에서 맥가이버칼로 까먹었습니다. 바로 몸이 나아지더군요.

하지만 그 길고 긴 여정에서 노잣돈은 여전히 부족했습니다. 중동까지 들어간 남궁상은 급기야 취직을 하고 맙니다. 이스라엘의 텔아비브에서 여행자에게 허드렛일을 알선하는 숙소였습니다. 저는 폴란드 출신 건설공과

닥침의 미덕을 설파하는 강연계 동업자 이슬아 작가님께 ──────

한방을 썼고, 식당을 돌아다니면서 접시를 닦았습니다. 하루 여덟 시간 노동을 하고 일당 5만 원을 받았습니다. 숙소로 돌아와 같이 노동을 마치고 들어온 건설공과 가장 싼 맥주를 한 캔씩 마시고 일찍 잠들었습니다. 설거지 해야 할 접시가 왔을 때, 손님이 남긴 음식이 온전해 보이면 몰래 먹기도 했습니다. 오랜만에 먹는 식당밥은 달고 맛있더군요. 덕분에 따로 밥을 사먹지 않아도 되었습니다. 나중에 성실함을 인정한 지배인이 간단한 요리와 서빙도 시켰습니다. 눈치를 조금 덜 보게 되었고, 조리하다가 깨끗한 음식을 주워먹을 수 있었습니다. 당시 한국에서는 제가 직장을 구해서 안 돌아온다는 소문이 돌았습니다. 스물세 살 이스라엘의 외국인노동자 경험이었습니다. 덕분에 그는 정확히 250만 원으로 국경 열일곱 개를 넘어 지구를 반 바퀴쯤 돌고 돌아왔습니다.

이듬해 그는 단기 어학연수를 위해 다시 베이징에 나갔다가 키르기스스탄 접경 지역까지 실크로드 횡단을 했습니다. 이번에는 현지 생활에 자신감이 있었습니다. 여전히 가장 싼 숙소에서 묵고 가장 저렴한 밥을 먹었지만 제집처럼 불편함조차 느끼지 못했습니다. 서역과 티베트를 한참 여행하고 돌아올 때는 바야흐로 중국 최대의 명절 춘절이었습니다. 저는 쓰촨성 청두에 있다가 베이징까지 48시간 동안 완행하는 기차를 탔습니다. 몇 시간 기다려서 간신히 구한 표는 원래 외국인에게는 팔지 않는 '입석' 티켓이었습니다. 그걸 구한 것도 대단히 용한 일이었지만, 명절 중국 기차를 좌석 없이 꼬박 이틀간 타는 데는 대단한 용기가 필요했습니다. 그야말로 가진 것 없는 현지인의 생활을 적나라하게 체험하는 일이었습니다. 객차 통로에 자리를 잡고 앉아 해바라기 씨앗을 까먹으며 모든 끼니를 컵라면으로 때우고 온갖 타고 내리는 사람들과 뒤엉켜 생활했습니다. 어쩜 다들 그렇게 짐은 많고 가족도 많고 사연도 많고 인간들까지 그렇게 많았는지. 온갖 인간들이 풍기는 냄새를 맡으며 그야말로 제 몸 간신히 부릴 곳만 확보한 채 많은 사람들을 길동무 삼아 짐처럼 실려왔습니다. 덕분에 중국어 회화는 아직도 자신이 있습니다.

학기중에는 시간 날 때마다 온갖 아르바이트를 했습니다. 순수한 노동이 즐거웠습니다. 별것 아닌 제 노동에 이 사회가 값을 쳐주는 것이 신기했습니다. 저는 인형탈 쓰는 알바를 참 오래 했습니다. 커다란 탈을 쓰고 길가에서 재롱을 떨면서 전단지를 나누어주었습니다. 여성 탈을 썼다는 이유로 성추행을 하는 아저씨와 커다란 머리통을

닥침의 미덕을 설파하는 강연계 동업자 이슬아 작가님께

후려갈겨야 직성이 풀리는 어린아이들을 상대했습니다. 여름엔 여덟 시간 이상 쓰면 정신이 혼미해지지만 색다른 자아가 있는 탈이었습니다. 왜인지 행인들은 인형탈 쓴 사람의 오버액션에 관대하더군요. 식당 서빙이나 유니폼 차림으로 입장 티켓을 받는 아르바이트도 했습니다. 자재나 물건 따위를 단순하게 나르는 일도 했고, 트럭에서 꽃장사를 했으며, 현장에서 페인트공으로 일하기도 했습니다. 지금도 이 일들을 하는 사람들을 마주할 때마다 옛날의 제 모습이 겹칩니다. 본질에는 닿을 수 없었어도, 나름대로 노동을 즐기고 이해하려고 노력하던 의대생이었던 셈입니다.

그는 우여곡절 끝에 의사 면허를 받았습니다. 사실 의사가 된다고 꽃길만 기다리고 있지는 않습니다. 처음 1년간은 인턴으로 일했습니다. 병원에서 숙식하면서 주당 156시간 일했습니다. 한 주는 168시간이니 병원 밖에는 열두 시간만 나갔던 셈이었습니다. 근무 시간에 최저시급을 곱하면 당시 월급에 가까웠습니다. 하지만 당시에는 솔직히 큰 불만이 없었습니다. 일이 주어지고 별것 아닌 육체가 노동하는데 돈까지 받는다는 게 마냥 기뻤습니다. 돌봐야 할 환자들과 멋진 동료들과 훌륭한 선배들 사이에 있는 게 좋았습니다. 게다가 말단으로 허드렛일을 했어도 표면적으로는 의사로 대접받았습니다. 제 자아로 서는 너무 과분한 대접이었습니다. 급기야 그는 타고난 체력과 불행에 대한 강박과 가난한 마음까지 더해 응급의학과에 투신합니다. 평생직업을 여행지를 정하듯 정해버린 셈이었습니다.

당시 대학병원에서 응급의학과 레지던트가 된다는 건, 우리끼리 사용했던 표현에 따르면 '한국에서 가장 불쌍한 직업'에 종사하는 것이었습니다. 스물네 시간 당직을 서고 몇백 명쯤의 생사를 가르다가 집으로 돌아와 꼬박 잠만 자고 이튿날 출근하는 생활을 4년 견뎠습니다. 세상 모든 불행한 사람들과 폭행의 피해자와 숱한 사망자와 주폭과 무한한 책임 등등…… 매일 일기를 쓰다가 지쳐 잠들던 그 시절의 이야기는 이 편지에 적지 않아도 익히 짐작하시리라 믿습니다. 그는 그 과정까지 마친 30대 초반에 전문의 자격을 취득하고 공중보건의가 되었습니다. 월급이 절반으로 깎인 지방 근무였지만 처음으로 육신의 자유가 생겼습니다. 그는 그곳에서 그간의 우울한 성정과 기록하는 강박과 선천적인 공감 능력과 온갖 노동의 단상과 문학적인 욕망을 전부 모아서 『만약은 없다』와 『지독한 하루』를 냈습니다. 눈뜨고 보기 어려운 일대기였지요.

닥침의 미덕을 설파하는 강연계 동업자 이슬아 작가님께

네, 그러니까 모든 것에 연관된 순간들이 있다는 설명을 위해 이렇게 길게 왔습니다.

그간의 일대기에서 제가 무엇을 더 잘 이해하게 되었다고 하지는 않겠습니다. 솔직히 저는 진짜 생계의 위협과 미래의 막막함을 느낀 적은 없었으니까요. 사실 작가님의 성장기는 꽤나 유명하기에 익히 알고 있었지만, 백화점 화장실은 쾌적해서 울 맛이 났다는 대목에선 마음이 조금 어지러워집니다. 그것은 제 경험으로 이해한다고 말하기 어려운 영역입니다. 제 이야기는 글로 써두니 제법 유쾌하게까지 보입니다. 역시 작가님의 말대로 글쓰기에는 고난을 고난으로 두지 않게 하는 힘이 있는 것이겠지요. 그럼에도 누군가는 작가님의 성장기와 대척점에서 박완서의 「도둑맞은 가난」이나 '남궁상'의 괴상한 자아를 떠올릴 것입니다. 하지만 제 경험은 어떤 체험이나 방랑으로 끝나지만은 않았습니다. 그것은 분명히 지금의 저에게 지대한 영향을 미치고 있으니까요.

역시 우리 사이에는 오해가 있습니다. 저는 말하기를 별로 좋아하지 않습니다. 작가님처럼 재능이 있는 것도 아닙니다. 글쓰기의 세밀한 감각에 비하면 말하기는 엉성하고 위태롭습니다. 사람들 앞에만 서면 긴장되고 전날부터 불안합니다. 제가 직접 강연을 다니게 될 때까지 누군가 대중 앞에서 강연하는 것을 들어본 적도 없습니다. 저는 세상 모든 진리는 활자로 적혀 있다고 믿었기에 듣는 일에는 귀를 막고 살아왔습니다. 말하기에 대해 깊이 고찰해본 적이 없었고 어떤 직업이나 세계가 있을 것이라고는 상상하지 못했습니다. 하지만 강연 요청을 수락하자 저는 놀랐습니다. 일단 많은 사람들이 제 이야기를 귀기울여 들어준다는 점에 놀랐고, 무엇보다 보수로 매겨지는 대가가 너무 컸습니다. 그것은 제가 평생 해온 노동에 비하면 너무 수월한 일이었습니다. 저는 알고 경험한 것을 정리해서 말했을 뿐이었는데요. 저는 가족과 친구에게 어떠한 대가 없이 떠들면서 오래 살아왔습니다. 제 기준에서는 그토록 보잘것없는 일에 대가가 매겨진다니 놀라웠습니다.

강연을 준비하는 분들은 많은 수고를 하셨고, 기꺼이 타인의 말을 듣고자 하는 사람들이 있었으며, 말에는 진심을 담는 힘이 있었습니다. 저는 자신 없는 일임에도 용기를 내서 여러 가지 요청을 받아 매진하기 시작했습니다. 제가 말할 수 있다고 짐작한 한도 내에서는 끝까지 노력했습니다. 의학 지식, 응급실 현장, 글쓰기, 노동 인권,

닥침의 미덕을 설파하는 강연계 동업자 이슬아 작가님께

사고 대처, 아동학대까지 제가 경험하고 공부했던 다양한 주제를 다뤘습니다. 항상 청자가 달라지는 만큼 발표자료를 매번 수정하고 연습을 거듭해가며 열심히 임했습니다. 그리고 세상을 바꾸는 말의 힘을 절감했습니다. 분명히 글쓰기와는 다른 세계가 있었습니다. 특히 중고등학교에는 일부러 시간을 내서라도 찾아갔습니다. 그곳에선 이미 어른이 되어버린 제 이야기를 학생들이 눈을 빛내며 들었기 때문입니다. 저는 한 명의 직업인이자 사회인으로서 강단에서 말할 수 있는 자격을 얻어 너무 자랑스러웠습니다. 그리고 역시 말씀하신 대로 강연료를 단 한 번도 올려 받은 적은 없었습니다. 뱃심을 부린다면 조금씩은 더 받을 수 있었겠지만 제 노동의 대가로는 충분했습니다. 유튜브에 남아 있는 많은 영상 또한 비슷한 맥락입니다. 제가 말하고 있는 하찮은 영상을 지우는 일이 조금은 송구스러워서입니다.

글쓰기와 원고료도 마찬가지였습니다. 저는 글쓰기를 노동으로 연관 짓는 데에는 아직도 익숙하지 못합니다. 어차피 글쓰기는 평생 누가 시키지 않아도 할 것이었지만, 누군가는 제 글에 가치를 지불하고 넓은 지면을 통해 읽어준다는 데 마냥 감사할 뿐이었습니다. 글쓰기는 제게 어차피 자연스러운 삶과 같은 것이었습니다. 언젠가 왜 그리 많이 쓰냐는 작가님의 질문에 저는 농담처럼 '거절하지 못해서'라고 답했지요. 실은 이 길고 긴 사연이 종합된 맥락입니다. 누군가는 물렁한 마음과 엄청난 체력으로 지나치게 많은 일을 하고 있는 것처럼 보이겠지만, 저는 비교적 수월한 노동을 병행하며 살아가고 있다고 생각합니다. 저보다는 귀한 타인을 위한 일이라고 생각하면 별것 아닌 저는 조금 무리해도 괜찮습니다. 그 대신 '의궁인'의 봉급은 지난 몇 년간 한 푼도 쓰지 않고 통장에 쌓여 있습니다. 도저히 거기까지 쓸 수가 없었습니다. 그리고 저는 아직도 백화점 8층에서는 밥을 잘 못 먹고, 지하 2층 푸드코트에서 밥을 먹습니다. 그게 마음이 편하기 때문입니다.

기나긴 이야기를 하고 있으니까 참으로 피곤한 인생을 살아온 기분입니다. 아마 참으로 특이하고 유일무이한 인간이라고 생각하고 있겠지요. 하여간 저는 지금 인생 몇 막에 와 있는지 알 수 없지만, 어쩌다가 쓰고 말하는 노동의 세계에 본격적으로 진입해 있습니다. 솔직히 저 또한 글을 쓸 때는 머리를 쥐어뜯고, 말을 하고 돌아오는 길에는 몸이 아픈 느낌이 듭니다. 항상 좋은 마음으로 시작하지만 생각과는 다르게 힘에 부칠 때도 많습니다. 그럴 때마다 어떤 허탈감에 빠집니다. 그리고 작가님의 '닥침의 미덕'이라는 표현에 카타르시스를 느낍니다. 이 일은 무엇보다 닥침의 미덕을 배우는 일이었습니다. 도저히 세상에 꺼내놓지 않고는 견딜 수 없는 일을 견딜 때 조금 더 오래 글을 쓰고 말을 할 수 있게 되더군요. 사람들을 대상으로도, 또 연인을 대상으로도 말입니다. 저는 이 세계에서 글과 말의 위험함을 누구보다 뼈저리게 배웠습니다.

덕분에 집요할 정도로 기록하는 강박을 지녔던 자아는 많이 작아졌습니다. 발설의 두려움으로 '닥침력'이 늘어버린 셈이지요. 지금은 "사랑은 말해버린 죄조차 너무 아름다우니" 따위의 문장을 쓰지 않을 것입니다. 구리기도 하지만, 정말 말해버린 죄는 아니 아름답기 때문입니다. 또한 제가 기록하거나 기록당하는 자의 불행을 단언한 이유는 지극히 개인적인 것이겠지요. 아마도 그로 인해 행복했던 기억이 없기 때문이지 않을까요. 혹은 너무나 불행한 일을 겪지는 않았을까요. 제가 아무리 궁상을 떨었어도 작가님의 힘든 시절 앞에서는 공손해지는 것처럼, 작가님의 행복한 기억 역시 제가 이해할 수 없는 영역에 있을지도 모릅니다. 그래서 저는 지금 사랑을 기록하지 않습니다. 언제 용기를 내서 다시 사랑을 적을 수 있을지도 모르겠습니다. 이 편지에서 저는 저 자신에 대해 너무나 길게 적었지만, 막상 사랑과 기록에 대해서는 더이상 이어가기 어려울 것 같습니다. 갑자기 문맹자가 되어버린 사서의 기분입니다. 아무래도 이유가 있을 것입니다.

2021년 4월 12일

짧고 굵은 편지를 쓰지 못해 죄송한

남궁상 드림

닥침의 미덕을 설파하는 강연계 동업자 이슬아 작가님께 ———

이
슬
아

×

남궁인밖에 모르는 남궁인 선생님께

×

남
궁
인

200년 된 기와집의 툇마루에서 편지를 쓰고 있습니다. 시골마을로 출장 겸 휴가를 와 있거든요. 아궁이 불로 뜨끈뜨끈해진 방에서 잠드는 나날입니다. 산에서는 고라니가 아주 대차게 우는데 저는 그 소리에도 아랑곳 않고 깊은 잠을 잡니다. 이렇게 잘 자는 건 정말 오랜만이에요. 몇 주간 외박을 하는 것도 오랜만이고요. 집순이인데다가 여행을 딱히 좋아하지 않으니까요. 여행에세이 매대 역시 심드렁하게 지나치죠. 무용담을 늘어놓을 준비가 된 여행가들보다는 해외에 한 번도 나가본 적 없는 안방의 제갈량들에게 언제나 더 끌렸던 것 같습니다. 하지만 이런 저에게도 여행을 해야만 하는 일이 주어지곤 합니다. 남궁인 선생님과 처음 만난 장소도 부산이었죠. 커다란 배에 함께 승선하던 순간이 생생합니다. 그 배에서 제가 술에 취해 조금 울었던 것도 같은데 왜 울었는지는 전혀 기억나지 않는군요. 여행지에서는 새로운 상황에 놓이게 되고 모르는 사람과 상호작용하다가 꼭 실수를 하게 됩니다. 사실 실수는 집에서도 맨날 하지만 들킬 사람이 거의 없죠. 집이 편한 건 그래서인데요. 이곳에서는 모처럼 잘 먹고 잘 자며 지냅니다. 아무래도 터의 기운이 좋은 곳인가 봐요.

남궁인밖에 모르는 남궁인 선생님께

그나저나 매우 긴 편지를 보내셨더군요. 제가 지지난 편지에서 닥침의 미덕을 설파했는데 말입니다. 원고지로 무려 45매나 되는 글을 전송하셨기에 정말이지 징그럽게 많이 쓰는 사람이라고 새삼 생각했습니다. 물론 재미있는 구석이 있는 원고였어요. 남궁인의 남궁상적 기질을 사무치게 실감하며 읽었습니다. 피식피식 웃음도 났죠. 남궁인을 자라게 한 세계 곳곳의 풍경과 냄새가 생생하게 다가왔습니다. 저는 선생님께 우정의 마음을 갖고 있기 때문에 남궁인이 왜 이런 남궁인이 되었는지를 살필 수 있는 이야기는 죄다 유심히 읽는 편입니다. 하지만 읽는 내내 이런 의문이 들었어요. 이것은 훗날 남궁인의 여행 에세이에 수록될 글이 아닌가? 이 원고가 남궁인의 개인 책이 아닌 우리의 공동 서간문에 실려서 더 좋을 점은 과연 무엇인가? 이 글의 수신자가 굳이 이슬아여야 할 이유가 있을까?

제가 쓴 남궁상이라는 호명으로부터 선생님의 여행 회상이 시작되었다는 건 알고 있습니다. 궁핍하고 씩씩했던 저의 성장기와, 궁핍하지는 않으나 궁상스러운 선생님의 성장기가 느슨하게나마 연결되기도 했지요. 하지만 선생님이 쓴 지난 편지의 상당 부분은 저라는 수신자가 없었어도 쓰였을 글이라고 느껴집니다. 다른 연재 파트너

와 편지를 주고받았더라도, 심지어는 파트너 없이 혼자서 연재를 했더라도 남궁인의 이러한 여행기는 언젠가 쓰였을 듯합니다.

그러면 안 될까요? 당연히 됩니다. 그저 아쉬울 뿐이죠. 하필 이 두 사람이 만났기 때문에 쓰여지는 이야기가 서간문의 매력이잖아요. 서로를 경유한 문장을 생각해내지 않는다면 우리는 그저 번갈아가며 자기 얘기를 쓰는 사람들일 것입니다. 선생님의 글이 길다는 것만으로는 아무런 문제가 없습니다. 제가 주목하는 부분은 선생님의 편지 안에서 수신자인 저와 크게 상관없는 썰이 참 길었다는 점이에요. 작년 6월에 쓰신 첫번째 편지에서 선생님은 말씀하셨어요. "문득 남을 생각하다가 자신을 돌아보는 것이 서간문의 본질"이라고. 사실 저는 쭉 반대로 생각해왔답니다. 서간문의 본질은 자기만 생각하던 사람이 문득 남을 돌아보게 되는 과정이라고. 양쪽 다 진실일 것입니다. 서간문의 본질은 다양할 테니까요.

오늘은 제게 주어진 마지막 서간문 마감의 날입니다. 이 글을 끝으로 선생님과의 연재가 종료되지요. 좀 섭섭하네요. 그러나 애틋한 작별인사를 하기엔 이릅니다. 함께 확인하고 싶은 통계자료를 들고 왔거든요. 우리 둘의

남궁인밖에 모르는 남궁인 선생님께

서로 다른 집필 경향을 연구하기 위해 정리한 자료입니다. 연구의 제목은 다음과 같습니다.

이슬아 × 남궁인 서간문 연재에서 나타난

상대를 향한 집중도 연구

- 주어 사용을 중심으로

(2020.06.05 ~2021.04.14 연재 원고 기준)

연구자 : 이슬아

이 연구는 편지를 주고받은 지난 10개월간 선생님과 제가 어떤 집필자였는지 확인하는 근거 중 하나가 될 것입니다. 우리가 서로를 얼마나 재발견했는지 돌아보는 자료일 수도 있겠습니다. 한눈에 보기 편하셨으면 해서 차트 이미지를 첨부합니다.

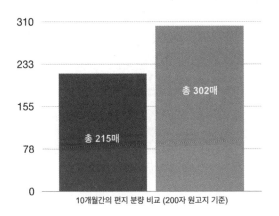

이슬아　　남궁인

10개월간의 편지 분량 비교 (200자 원고지 기준)

우선 분량부터 커다란 차이가 있습니다. 여덟 번에
걸친 편지 교환 과정에서 저는 약 215매를 썼고 선생님은
약 302매를 쓰셨습니다. 저보다 100매 가까이 길게 쓰신
거죠. 저에게도 긴 글을 쓸 체력과 능력이 있는데요. 제 애
기가 너무 길어서 지루해질까봐 우려되는 마음에, 그리고
선생님과 이야기의 지분을 비슷하게 나눠가지고 싶은 마
음에 적절히 치고 빠진 뒤 마이크를 넘긴 것이라는 점 알
아주시면 좋겠습니다.

　분량 다음으로 함께 살펴보고 싶은 것은 각자의 편지
에서 상대방 혹은 자신을 지칭한 빈도입니다. 그러니까

　　　　　　　　남궁인밖에 모르는 남궁인 선생님께

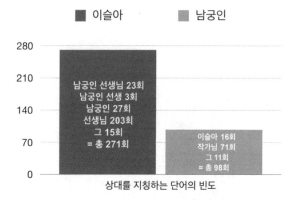

이슬아   남궁인

남궁인 선생님 23회
남궁인 선생 3회
남궁인 27회
선생님 203회
그 15회
= 총 271회

이슬아 16회
작가님 71회
그 11회
= 총 98회

상대를 지칭하는 단어의 빈도

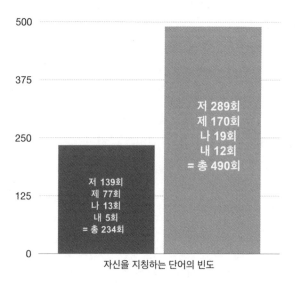

저 289회
제 170회
나 19회
내 12회
= 총 490회

저 139회
제 77회
나 13회
내 5회
= 총 234회

자신을 지칭하는 단어의 빈도

'너'로 시작하는 문장과 '나'로 시작하는 문장 중 무엇을 더 많이 썼는지 비교하는 차트인데요. 0화부터 16화까지 꼼꼼히 살피며 단어 사용 횟수를 세어보았습니다. 자료 속의 우리를 편의상 '이슬아'와 '남궁인'으로 호명하겠습니다.

위쪽 차트는 편지 본문 내에서 우리가 서로를 지칭한 부분을 합산한 결과입니다. 이슬아가 남궁인을 지칭한 횟수는 271회나 됩니다. 남궁인에게 지어준 별명인 '남궁상' '휴먼남궁체' '독고탁' '21세기의 안톤 체호프' 등을 제외해도 이토록 많은 횟수입니다.

한편 남궁인이 자신의 편지에서 이슬아를 지칭한 횟수는 98회입니다. 이슬아가 남궁인 방향으로 주어를 이동한 것에 비하면 겨우 1/3 정도의 빈도이지요.

반대의 경우도 살펴보겠습니다. 아래쪽 차트는 우리가 자기 자신에 관해 쓴 문장을 나타냅니다. '저는' '저의' '저에 관해' '제가' '제겐' 등 자기 스스로를 지칭한 단어를 합산한 결과입니다. 이슬아의 경우 스스로에 대해 이야기하기 위한 단어를 234회 사용했습니다. 상대방인 남궁인에 대해 이야기하는 빈도보다 적다는 것을 알 수 있죠.

한편 남궁인의 경우 스스로에 대해 이야기하기 위한 단어가 490회나 사용되었습니다. 이슬아의 자기 이야기와 비교했을 때 두 배 이상 잦으며, 남궁인의 이슬아 이야기와 비교하면 정확히 다섯 배 잦습니다.

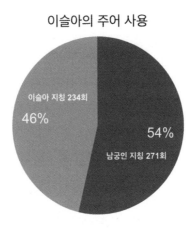

이슬아의 주어 사용

이슬아 지칭 234회
46%

54%
남궁인 지칭 271회

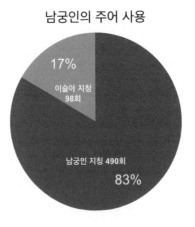

남궁인의 주어 사용

17%
이슬아 지칭
98회

남궁인 지칭 490회
83%

물론 간과해서는 안 됩니다. 꼭 상대를 지칭해야만 상대에 관해 이야기할 수 있는 것은 아니라는 것을요. 게다가 우리의 서간문에서는 우리 자신 말고도 수많은 인물이 등장했습니다. 남궁인 선생님이 전해주지 않았다면 평생 모르고 지나쳤을 타인들의 모습도 인상적으로 기억하고 있어요. 하지만 앞의 통계가 가리키는 방향을 보았을 때, 이슬아가 자신의 글에 남궁인을 더 열심히 초대했다는 결론을 내리기에는 충분할 것 같습니다.

자기 글에 상대방을 초대하는 방식에는 주어를 이동하는 일뿐 아니라 질문을 건네는 일도 포함되겠지요. 지난 연재를 통틀어 각자 몇 개의 질문을 상대에게 건넸는지도 확인해보았습니다.

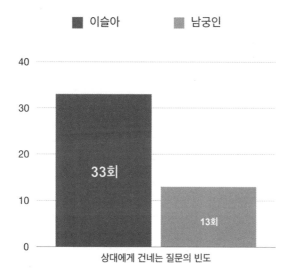

남궁인밖에 모르는 남궁인 선생님께

보시다시피 질문 면에서도 이슬아는 남궁인에 비해 2.5배 부지런히 움직여왔군요. 진짜로 궁금해서 건넨 질문이든, 불호령과 함께 건넨 질문이든, 걱정하며 건넨 질문이든 간에 남궁인보다 이슬아가 더 많은 질문을 준비했다는 걸 알 수 있습니다.

상대를 알고자 하는 과정에서 이슬아의 노력이 조금 더 가상했다는 결론에 다다르게 됩니다.

분량과 주요 내용 비교

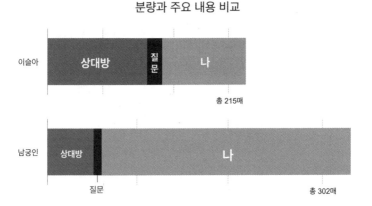

그러므로 우리가 쓴 편지의 분량과 주요 내용을 정리해보았을 때 앞의 차트를 그려볼 수 있겠습니다. 이슬아는 남궁인보다 적은 분량을 썼지만 '너'의 이야기와 '나'의 이야기가 비슷하게 균형을 이루는데요. 남궁인은 '너'

의 이야기에 비해 다섯 배에 달하는 '나'의 이야기로 긴 분량을 전개해왔음을 통계는 드러내고 있습니다. 이 통계가 우리 서간문의 모든 맥락과 디테일을 담을 수는 없을 것입니다. 하지만 각자의 집필 경향을 드러내고 있다고는 생각합니다. 이슬아에게서 남궁인 쪽으로 더 세차게 흐르는 우정의 근거가 선생님 눈에도 보이실지 궁금합니다.

선생님이나 저나 이런 자료를 미리 계획하고 편지를 썼을 리는 없습니다. 각자 편안하게 쓰다보니 이런 결과가 나왔을 뿐이죠. 저도 하나하나 따져볼 생각은 없었습니다. 그런데 징그럽게 왜 이런 통계를 내고 있냐고 물으신다면…… 남궁인 선생님의 농담 때문입니다.

며칠 전 선생님께서는 카톡으로 이런 농담을 하셨지요. 저보다 더 긴 편지를 쓰셨으니 나중에 인세도 더 많이 가져가야 하는 것 아닐까 생각했다고요. 그것이 농담이란 건 선생님도 알고 저도 알고 독자들도 알지만, 얼마나 바보 같은 농담인지는 선생님이 잘 모르시는 듯해서 앞의 연구를 진행해보았습니다. 저는 우리 둘의 인세가 달라야 한다는 생각은 추호도 해본 적 없는데요. 선생님의 농담을 계기로 한번 생각해봤어요. 이 서간문에서 선생님은 분량에 관한 한 확실히 더 수고하셨습니다. 하지만 상대방에 대한 집중력과 접속력, 그리고 우정이 깃든 문장력 측면에서는 제가 세 배 가까이 공들였음을 통계가 말해주고 있습니다. 그러므로 제가 출판사라면 이슬아에게 인세를 세 배 더 책정할 것을 고려할지도 모릅니다. 아시다시피 그런 일은 일어나지 않는 게 좋고, 인세는 관행대로 5:5로 나눠가지는 게 가장 합리적이기 때문에 인세에 대한 농담은 제 머릿속에선 생각조차 나지 않았던 것입니다.

열 달 전에 쓴 첫 편지에서 제가 선생님께 말했지요. 수신자가 확실한 서간문에서는 어떤 발신자가 되실지 궁금하다고. 저는 이 연재가 꽤나 즐거웠습니다. 선생님도 아마 그랬을 거라고 생각합니다. 하지만 선생님의 글에서 수신자가 바로 저이기 때문에 쓰인 문장의 비율은 예상보다 적었다고 느껴집니다. 상대방에 대한 집중도로 따졌을 때 저보다 한참 미약하셨던 겁니다. 선생님은 주로 저에게 혼나시느라, 반성하시느라, 회상하시느라 바쁘셨지요. 그건 남궁인이 남궁인을 재발견하는 과정이었습니다. 이슬아 역시 남궁인을 재발견하느라 참 재밌었습니다. 하지만 남궁인이 이슬아를 얼마나 재발견했는지는 잘 모르겠습니다. 남궁인 안에서 이슬아는 어떻게 새로워졌습니까? 이것은 부지런히 남궁인을 통과하고자 노력한 친구의 질문입니다.

선생님의 지난 편지에서 제가 보석처럼 여기는 문장이 있습니다. "제가 아무리 궁상을 떨었어도 작가님의 힘든 시절 앞에서는 공손해지는 것처럼, 작가님의 행복한 기억 역시 제가 이해할 수 없는 영역에 있을지도 모릅니다"라고 쓰셨지요. 저 역시 마찬가지입니다. 열 번 가까이 긴 편지를 주고받아도 선생님의 불행과 행복은 여전히 제가 이해할 수 없는 영역처럼 느껴집니다. 우리 사이엔 늘 오해가 있고 앞으로도 그럴 테죠. 언젠가 선생님이 쓰셨듯 "우리는 대체로 패배하고 가끔 승리했다고 생각하겠지만 다시 패배로 돌아올 것입니다". 서로를 모르니까요. 오해는 흔하고 이해는 희귀하니까요.

그러나 우리의 훌륭한 동료 작가 요조는 『실패를 사랑하는 직업』(마음산책)에서 이렇게 말했습니다.

"모른다는 말로 도망치는 사람과 모른다는 말로 다가가는 사람. 세계는 이렇게도 나뉜다."

이 아름다운 문장을 남궁인 선생님께 바치고 싶습니다. 부디 분발하시기를 바라기 때문입니다.

우리의 우정은 이제 막 시작되었습니다.

2021년 4월 20일

오해를 줄이기 위해 연구자가 된

이슬아 드림

우리 사이엔 늘 오해가 있고 앞으로도 그럴 테죠.

서로를 모르니까요.

오해는 흔하고 이해는 희귀하니까요.

우리의 우정은 이제 막 시작되었습니다.

남
궁
인

╳

우정과 존경과 통계의 왕
이슬아 작가님께

╳

이
슬
아

지난 편지는 불현듯 도착했습니다. 평소에 작가님은 다정한 메시지와 함께 카톡으로 답장을 보내주셨습니다. 하지만 이번에는 메일로 보내주셨더군요. 열어보니 본문이 없었습니다. 모바일보다는 PC로 보는 게 눈이 더 편할 거라는 충언과 함께 별도 문서로 첨부되어 있었지요. 제목은 '남궁인밖에 모르는 남궁인 선생님께'였습니다. 세상에, 저는 올 것이 왔다고 직감했습니다. 지난번 편지를 보내놓고 못내 마음이 불편했거든요. 그 불편함은 구체적이지는 않았지만, 술에 취해 내 이야기를 과하게 털어놓고 집으로 돌아오는 길에 느끼던 마음과 비슷했습니다. 그리고 파일을 열었습니다. 그 편지를 읽은 많은 사람들이 보인 반응과 비슷하게, 저는 크게 웃으며 읽었습니다.

신랄한 편지였습니다. 제가 느꼈던 불편함은 정성스럽게 구체화되어 있었습니다. 깔끔한 도표는 상당한 노력의 결과물이었습니다. 저는 명시하는 대상이 저라는 사실도 잠시 잊은 채 통쾌해했습니다. 이것이야말로 대상은 저였지만, 많은 존재들을 겨냥한 일침이자 일갈로도 읽혔으니까. 당연히 그 존재들에는 제가 대표자로 자리잡고 있었고요. 저는 친절하고 고급스럽게 상대방에게 전하는 전복의 메시지에 경탄했습니다. 이것이야말로 '갱갱갱신'된 놀라운 이슬아였습니다.

저는 답을 쓰기 위해 우리의 지난 편지를 전부 되돌아보았습니다. 지나간 편지를 반성하며 되짚게 되더군요. 말하는 사람과 듣는 사람 사이의 관계가 새롭게 눈에 띄었습니다. 무엇보다도 더 와닿은 것은 성실하고 꾸준하게 애정을 보내던 작가님의 태도였습니다. 작가님의 마지막 편지를 본 누군가는 작가님의 마음을 오독할지도 모릅니다. 하지만 그 신랄한 논문은 충분히 일관된 애정의 연장선상에 있었습니다. 심지어 별도의 애정까지 더해진 작업이었습니다. 눈은 편하지만 내용만은 날카로운 도표 또한 제가 누구보다도 기껍게 받아야 할 것이었습니다.

저는 아마 세상에서 작가님의 편지를 작가님 다음으로 가장 많이 반복해서 읽은 사람일 것입니다. 저는 머릿속으로 질문을 던져 구상을 마치면 며칠에 걸쳐 답장을 작성했습니다. 그 긴 시간 동안 항상 작가님이 보낸 편지를 옆 화면에 띄워놓았습니다. 작가님이 기록한 애틋한 순간과 저를 향한 질문과 부족한 부분을 짚어주는 모든 구절에 기뻤습니다. 덕분에 저는 지난 1년간 가장 기록하고 싶었던 이야기와 쓰고 싶은 문장을 이 서간에 모두 쓸 수 있었습니다. 그 편지의 수신자가 되어서 오래도록 답장을 고민하자면, 누구든 자신이 생각하는 것을 다 내어놓거나 우스꽝스러운 이야기꾼이 될 수밖에 없을 것입니다. 그것은 작가님의 말씀대로 '남궁인이 남궁인을 재발견'하는 과정이었습니다. 제가 이 우정에 기반한 편지의 수신자가 되어 기쁘고 고마웠습니다.

하지만 부족함 또한 고백해야 합니다. 저는 본질적으로 '인간 이슬아'에게 '깨끗한 존경'을 보내고 정확히 궁금해하는 일에 소홀했습니다. 사실 작가님은 어디에 있어도 돋보이고 반짝입니다. 주변 사람들과 본인까지도 그 사실을 잘 알고 있는 듯 보입니다. 반면 저는 그런 자아에는 도통 자신이 없습니다. 그래서 저는 괜한 승부욕에 지금까지 하지 않았던 조금 더 감동적이거나 조금 더 재미있는 이야기를 들려주어야 한다는 강박이 있었습니다. 괜한 욕심이었습니다. 결국 더 안일하고 비겁하게 제 이야기로 숨어들어갔지요. 타인의 세계를 생각하는 어려운 일에서 도망쳐 쉬운 선택을 한 셈이었습니다.

결국 마지막은 유쾌한 패배였습니다.

타인을 존귀하게 여기는 마음 앞에서는 누구든 무릎을 꿇을 수밖에 없는 것입니다.

저는 '작가 이슬아'의 오랜 독자이자 팬입니다. 작가님이 써낸 수많은 글과 인터뷰를 이미 거의 다 보았습니

우정과 존경과 통계의 왕 이슬아 작가님께 ———

다. 덕분에 '작가 이슬아'의 많은 것을 알게 되었습니다. 그래서인지 '작가 이슬아'와 '작가 남궁인'의 편지에서는 지금까지 털어놓지 않았던 각자의 이야기가 들어가야 할 것 같았습니다. 하지만 이것은 '인간 이슬아'와 '인간 남궁인'의 대화였습니다. 그 맥락에서 겉으로만 보이던 이야기가 새롭게 발견되는 것이 서로를 생각하며 적어내는 텍스트의 본질이었겠지요. 우리의 서간은 각자가 제 나름의 사서가 되어 기록하는 서로의 역사가 되어야 했습니다. 돌이켜보면 작가님은 서간의 본질에 명확하게 임했지만, 저는 고작 '작가 남궁인'을 더 드러내고자 발버둥친 셈이었습니다. 처음부터 서간의 본질을 오독한 쪽은 저였습니다. 패배를 깨우치자 그 패배가 사랑스러워졌습니다. 이렇게 명쾌한 패배라면 늘 겪어도 좋습니다. 모른다는 말로 도망치는 사람은 도저히 되고 싶지 않습니다.

편지를 띄워놓고 답장을 쓰다가 좀처럼 나아가지 않는 밤, 작가님의 인스타그램 스토리를 켰습니다. 들어가 보면 '운슬아'(운동하는 이슬아)가 튼튼한 다리와 올곧은 척추로 스쿼트를 하고 있었습니다. 자신에게는 하체가 생명이라고 하셨던가요. 또 스쿼트의 왕이 되고 싶다고 하셨나요. 제 몸도 운동하는 것처럼 힘을 주며 편지의 발신자를 멍하게 지켜보았습니다. 참 단정하고 올곧은 척추를 지닌 사람이구나 생각했습니다. 누구보다 예의바르고 다정하며, 밤중에도 반듯하게 세상을 살아가고 있는 발신자였습니다. 돌이켜보면 그만큼 강건한 연재 노동자의 근육이 있었습니다. 그는 새로운 우정에 진입하기 위해 올곧은 마음으로 정성을 기울여 과감한 시도를 할 수 있는 사람이었습니다. 그가 단단한 척추로 세상에 맞서는 일을 생각했습니다. 무한한 애정을 품었다가도 짐짓 몸을 바로 세워 맞서기도 하는, 이슬아가 바라보는 세상의 대표자가 제가 되어 기뻤습니다. 세상에 그릇됨을 바로잡는 강직과 선의가 가득찼으면 했습니다. 바른 자세에 있어서만은 집요한 이슬아야말로 모두가 사랑하는 '인간 이슬아'의 본질이었습니다.

제겐 질문이 조금 더 남아 있습니다. 그 당당하고 빛나는 자세는 어떻게 탄생했는지, 많은 사람들 앞에 강건한 용기는 어디서 왔는지, 고된 일과 부침에서도 의연한 원동력은 무엇인지 같은 질문입니다. 하지만 이제 묻지 않아도 알 것 같습니다. 지난 우리의 만남에서 가장 선명하게 뇌리에 남은 것은 지각에 대처하는 호의나 나누었던 대화가 아니라, 작가님의 눈빛이었습니다. 그것은 무엇보다 상대방을 궁금해하고 존중하는 눈빛이었습니다. 분명

　　　　　　　우정과 존경과 통계의 왕 이슬아 작가님께 ───

히 제가 가질 수 없는 눈빛이었습니다. 문득 우정을 존귀하게 여기는 사람들이 있어 세상은 살 만하다고 느꼈습니다. 또한 평생 작가님을 신뢰하겠다고도 생각했고, 넘볼 수 없이 순수하게 상대방을 존경하는 마음이 이 세상에는 존재한다고 느꼈습니다. 저는 그 자리에서 '인간 이슬아'의 유일성을 보았습니다. 늘 그 눈빛을 생각하며 답장을 썼습니다. 상대방에게 무엇이든 이끌어낼 수 있는 존중의 위대함이었습니다. 모든 답은 그 유일한 눈빛에서 기원하고 귀결되었다고 지금은 생각합니다.

그간의 편지에서 누구보다 성실한 존경을 보여주어서 감사합니다. 그 대상이 저라서 너무 과분했습니다. 그 깨끗하고 꾸준한 존경이야말로 제가 넘볼 수 없는 재능입니다. 또한 부족한 제게 보여준 일관된 탐구와 제 모든 것을 이끌어냈던 인내야말로 경탄받아야 마땅합니다. 이것이 제게서 새롭게 발견된 이슬아라고 생각합니다. 누군가에게는 명백히 보였던 사실이었겠지만, 저는 이것을 몰랐다는 말로 다가가고 싶습니다. 이것이 그간 우리가 해온 작업에서의 큰 그림이라고 생각하면, 작가님은 서간의 천재가 아닐까요. 저는 작가님의 수많은 재능 가운데 누군가를 '갱갱갱신'하게 만드는 능력을 추가하고 싶습니다.

작가님을 처음 만난 장소는 큰 배였습니다. 술에 취해 조금 울었던 것도 같다고 하셨나요? 사실 작가님은 엄청나게 많이 취했고 또 엄청나게 많이 울었습니다. 이런저런 힘든 이야기를 털어놓던 자리에서, 작가님은 삶의 고단함을 말하며 엉엉 울었습니다. 평소의 꼿꼿한 자세가 사정없이 흐트러졌습니다. 작가님을 정갈하게 부축해서 옆방에 바래주고 돌아오자 기분이 묘했습니다. 그러니까, 당연히, 작가님도 힘든 사람이었구나 생각했습니다. 우리는 누구나 힘든 사람들이니까요. 힘든 이야기와 울음을 받아줄 수 있는 사람이 되어서 너무 좋다고도 생각했습니다. 하지만 그 모습을 다시 보고 싶진 않다고 느꼈습니다. 빛나고 친절한 사람들이 슬픈 세상은 너무 싫으니까요. 그래서 이런 생각을 했습니다. 작가님이 털어놓는 세상의 어떤 이야기라도 듣고 어떤 질문이라도 끝까지 답하겠다고요. 비록 제 답은 빛나는 질문에 비해 온전치 못하고 궁상스러워지겠지만요. 그때 시작된 우정이 이렇게까지 멀리 왔습니다. 우리가 먼길을 걸어 무엇인가를 같이 발견하게 되었다는 것이 기쁩니다.

　그래서 마지막으로 마음 편히 잘 먹고 잘 자며 터가 좋은 곳에서 정갈하게 지내는 작가님을 생각합니다. 언제나 그런 곳에 머물면 좋겠습니다. 다시는 아프거나 울지

　우정과 존경과 통계의 왕 이슬아 작가님께

도 않고 누군가를 성실하게 존경하며 내면을 빛내는 모습으로요. 만물을 존귀하게 여기는 이슬아의 세계가 늘 그자리에 있기를 바랍니다. 사랑하는 친구들과 우정을 나누며 이슬아의 세계는 영원할 것입니다. 저 또한 그 우정에 기꺼이 동참할 것입니다.

2021년 4월 27일
끝까지 용기를 내
자모를 맞추고 문장을 만들어
자신을 변호했던
남궁인 드림

빛나고 친절한 사람들이 슬픈 세상은 너무 싫으니까요.

그래서 이런 생각을 했습니다.

작가님이 털어놓는 세상의 어떤 이야기라도 듣고

어떤 질문이라도 끝까지 답하겠다고요.

그때 시작된 우정이 이렇게까지 멀리 왔습니다.

우리가 먼길을 걸어

무엇인가를 같이 발견하게 되었다는 것이 기쁩니다.

이어진 토막편지

이
슬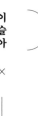
아

×

|

오늘도 가끔 말 걸고 싶은 남궁인 선생님께

|

×

남
궁
인

선생님, 저번 술자리에서 잠깐 말씀드리긴 했지만 저는 요즘 한국 최초 가녀장제 시트콤을 쓰고 있습니다. 가부장도 가모장도 아닌 가녀장이 가세를 일으키고 통치하는 이야기입니다. 웃기고 고달프고 애틋한 장편 시리즈가 될 것 같아요. 하지만 마감하고 나면 왠지 울적해집니다. 사람들이 안 웃을까봐요. 말로 웃기려는 욕심은 없는데 글로 웃기는 것에는 약간 사활을 걸며 살아온 것 같습니다. 재미있는 글을 쓰지 못하면 끝장이라는 생각이 듭니다. 때로는 웃기려는 욕망이 너무 큰 나머지 괴로워서 눈물이 나기도 해요. 그러다가 괜히 모든 게 서럽다는 듯이 베개에 얼굴을 묻고 웁니다. 웃기려다가 운다니 작가란 정말 이상한 직업이지 않습니까.

그런데 제가 정말 서러워서 운 걸까요? 울다가 의심이 들면 달력을 확인해봐요. 그럼 십중팔구 생리 직전이죠. 결국 호르몬의 문제였던 겁니다. 본의 아니게 한 달에 최소 한 번은 우는 삶을 살고 있습니다. PMS 말고도 울 일은 많은데요. 주로 집에서 혼자 지내잖아요. 제 눈물이 누군가에게 폐를 끼치지 않으니까 울고 싶을 때마다 실컷 울어버리는 편입니다. 울고 나면 개운해져요. 눈물과 함께 뭔가를 훨훨 흘려보낸 느낌이 들고요. 운 다음에 시작되는 씩씩함을 선생님도 아시죠? 종종 울며 지내실까 문

요즘도 가끔 말 걸고 싶은 남궁인 선생님께

득 궁금해집니다. 저는 남자들이 우는 능력을 잃어버리지
만 않았어도 세상이 더 좋아졌을 거라고 생각해왔기 때문
입니다.

2021년 5월 6일

여전히 남궁인 선생님을

웃기고 싶고 울리고도 싶은

이슬아 드림

울고 나면 개운해져요.

눈물과 함께 뭔가를 훨훨 흘려보낸 느낌이 들고요.

운 다음에 시작되는 썩썩함을 선생님도 아시죠?

종종 울며 지내실까 문득 궁금해집니다.

남
궁
인

)

×

가녀장 이슬아 작가님께

|

×

이
슬
아

가녀장이 가세를 통치하는 이야기를 잘 보고 있습니다. 술자리에서 들은 이야기가 글로 배송되어 오니 내적 친밀감이 듭니다. "내가 들은 얘기야"라고 아는 척하고 싶은 기분이네요. 그러다 문득 말이 글로 실현될 때 탄생하는 세계의 확장을 봅니다. 작가님의 생각을 정확히 아는 사람은 작가님 한 명이었고, 술자리에서 이야기를 들은 사람은 두 명이었지만, 이제는 많은 사람들이 웃기고 고달프고 애틋한 감정을 나누게 되었습니다. 생각이 말로 휘발되는 것과 글로 완성되는 것에는 하늘과 땅만큼의 차이가 있겠지요. 주재료는 창작자의 집념일 테고, 부재료는 창작자의 감정일 것입니다.

하지만 '나만 웃기면 어떻게 하지'와 '나만 슬프면 어떻게 하지'는 늘 우리를 괴롭게 합니다. 특히 남을 웃기는 일은 예측이 어렵습니다. 신바람나게 낄낄대면서 마치 독자들에게 '이래도 안 웃기냐!'고 윽박질러도 다양한 이유로 우리의 욕망은 좌절되고 맙니다. 코드가 맞지 않아서, 못 알아들어서, 너무 개인적인 서사라서, 가독성이 떨어져서, 지극히 낡은 방식의 위트라서 등등의 이유가 있겠지만 가장 상처가 되는 것은 어떤 설명도 없는 '노잼' 한 마디일 것입니다. 저걸 다 들어봤다는 건 아닙니다만……하여간 말입니다.

슬픔은 어느 정도 예측이 가능합니다. 쓰는 일에 진심이었던 작궁인의 모토는 "내가 울지 않으면서 남을 울릴 수는 없다"였습니다. 그간의 제 글들에서 슬픈 대목은 너무나 많이 나옵니다. 저는 정말 진심으로 그 대목을 전부 울면서 적었습니다. 너무 많이 울어서 글을 쓰기 위해 울음을 조금 멈춰야 할 때도 있었습니다. 그리고 집념으로 글들을 완성하고 슬픔의 보편성을 깨달았습니다. 제가 울어낸 만큼 사람들도 감정을 나누어 슬퍼한다는 사실을 발견했으니까요. 그럼에도 울면서 글을 쓰는 사람은 징그럽다는 사실을 압니다. 하지만 제가 옛날보다 조금이라도 나은 사람이 되었다면 글을 쓰기 위해 많이 울었기 때문일 겁니다. 우는 행위에는 슬픔의 본성뿐만 아니라 달라지고 나아가는 본성 또한 있다고 생각합니다.

요즘도 작가님의 인스타 스토리를 봅니다. 작가님은 여전히 바른 자세로 운동하고 있습니다. 저는 꼼꼼하지 못한 성격답게 운동 또한 마구잡이로 합니다. 준비운동도 전혀 하지 않고 축구장에 가서 공을 걷어차고, 무작정 10킬로미터 정도 달리는 게 운동입니다. 하지만 작가님은 자신의 몸을 쓰는 일에 원칙을 가지고 늘 정성스럽게 대하는 듯 보입니다. 매사 정직하고 성실한 작가님의 성향이 반영된 것이겠지요. 저는 아무래도 몸을 정성스럽게 대하는 일에는 앞으로도 소홀할 것 같습니다. 그래서 궁금합니다. 이를 악무는 스쿼트의 순간, 작가님은 무슨 생각을 하실까요. 정직한 몸과의 대화에서 느껴지는 것은 무엇인가요.

2021년 5월 11일

울면서 쓰는 사람

남궁인 드림

이
슬
아

×

노잼이 두려운 남중인 선생님께

×

남
궁
인

친구이자 동종업계 종사자이자 제 연재의 구독자이신 남궁인 선생님. 아시다시피 어제는 〈일간 이슬아〉 원고를 하루 펑크냈습니다. 곧 보충 원고를 쓸 것이라 펑크라기보다는 휴재이며 양해를 구하는 공지도 발송했지만…… 어쨌거나 하루치의 글을 포기했다는 것만은 분명합니다. 웬만하면 휴재를 하지 않도록 최선을 다하는데요. 체력이 달려 도저히 못하겠다는 걸 인정하고 나서는 빠르게 포기 선언을 한 뒤 발뻗고 잡니다. 덕분에 어제는 3주 만에 숙면했습니다. 예전엔 몸이 아파 마감을 미루고서도 죄책감에 잠을 설쳤지만 요즘은 그렇지 않습니다. 제가 주인인 매체에서 연재하고 있기도 하고, 하루이틀하고 말 일도 아닌데다가, 가장 중요한 건 몸이라는 걸 알게 되었기 때문인 것 같습니다. 요가와 스쿼트를 거르지 않는 것도 그래서겠죠. 작가에게 코어 근육은 너무나 중요하잖아요. 그렇지 않은 직업이 거의 없긴 하지만요.

저는 선생님처럼 10킬로를 냅다 뛰지는 않습니다. 가벼운 러닝이라고 보기는 어렵네요. 한 시간 정도 걸릴 텐데요. 그러고 보니 선생님은 쓰기도 많이 쓰고 뛰기도 많이 뛰고 먹기도 많이 먹는군요. 뭐랄까 정말이지…… 왕성하시네요. 저도 운동을 하지만 선생님에 비해서는 깨작깨작하는 편입니다. 스쿼트할 때 무슨 생각을 하는지 물

노잼이 두려운 남궁인 선생님께

어보셨는데 솔직히 아무 생각도 안 하는 것 같습니다. 뭔가 생각을 하긴 할 텐데 기억날 만큼 인상적인 생각은 아니었어요. 바로 그러고 싶어서 운동을 하는 걸지도 모르겠습니다. 생각 없이 덤덤하게 굴려놓은 몸으로 또 글을 쓰러 가야 하니까요.

'내가 울지 않으면서 남을 울릴 수는 없다'는 것이 작궁인의 모토였군요. 그동안 저는 '작가가 먼저 울면 독자는 울지 않는다'고 생각해왔는데요. 오늘은 선생님 의견 쪽으로 몸이 더 기웁니다. 제 또다른 친구 김규진이 이런 얘길 했어요. "사회 자본으로서의 눈물은 매우 저평가되어 있다"고요. 저는 운다고 달라지는 일이 많다고 느낍니다. 때로는 작가의 역량이 얼마큼 정확하게 슬퍼하며 공명할 수 있느냐에 따라 달라진다고도 생각해요. 슬픈 이야기를 슬픈 이야기라고 알아볼 수 있는 체력, 울 수 있는 체력, 울면서도 쓸 수 있는 체력이 언제까지나 주어지기를 희망하게 됩니다. 그 체력으로 웃긴 이야기도 계속 쓸 수 있겠죠. 그런 점에서 많이 울고 많이 쓰고 많이 먹고 많이 뛰는 남궁인 만세입니다. 그래도 다음번 쪽지는 최대한 짧고 시답잖게 써주십시오. 탁구 치는 듯한 단문을 선생님과 주고받고 싶기 때문입니다. 그런 점에서 먼저 시답잖은 얘기 하나 하겠습니다.

저 요즘 자주 쌍꺼풀이 생깁니다. 이대로라면 3년 안에 홑꺼풀 눈을 잃을 것 같습니다. 제가 지금보다 느끼한 눈이 되어도 우리 우정 변치 맙시다.

2021년 5월 19일
아직은 홑꺼풀인
이슬아 드림

남
궁
인

×

NK의 친구 이슬아 작가님께

×

이
슬
아

저번 수요일에 배송된 〈일간 이슬아〉에는 엄청나게 노래를 못하는 30대 후반의 의사 겸 에세이스트 NK가 출연했습니다. 작가님과 같이 노래방에 갈 정도로 지척에 있으면서 30대 후반이고 의사이고 에세이스트면서 성씨의 약자가 NK인 사람은 과연 누구입니까. 마침 우연히도, 저는 엄청나게 노래를 못하는 인생으로 살아온 긴 에세이를 쓰고 있었습니다. 여름에 발간될 앤솔러지에 들어갈 원고입니다. 자신이 무엇인가를 얼마나 끔찍하게 못했는지 고백하는 글만 2주가량 쓰고 나니 세상에서 가장 자신감 없는 인간이 된 듯한 기분이 듭니다. 웬만한 마감은 3일 정도면 막아왔는데, 괴로워서인지 이번 마감은 유독 오래 걸렸습니다.

그나저나 NK 작가는 마지막으로 "즐길 수 없는 운명이면 피해라"라는 말을 남깁니다. 공교롭게도 제 인생의 모토와 일치하는군요. "피할 수 없으면 즐겨라"(생각할수록 끔찍한 문구)를 비튼 어감이 마음에 들어서 대학 시절부터 되뇌던 말입니다. 지금은 "즐길 수 없으면 피해라"가 원문 같습니다. 그런데 돌이켜보면 살면서 즐긴 일도 피한 일도 특별히 없는 것 같습니다. 머리를 쥐어뜯으며, 사회에서 요구하는 일들과 개인적으로 해야 하는 일을 그럭저럭 처리해왔습니다. 즐긴 것과 피한 것이 무엇이었는지

NK의 친구 이슬아 작가님께

잘 기억나지 않습니다.

사실 달리기도 마찬가지입니다. 찾아보니 오늘자로 앱에 기록된 달리기 누적 거리는 2453킬로미터가 됩니다. 하지만 달리기는 여전히 즐길 수가 없습니다. 10킬로미터를 뛰는 일이 귀찮고 피곤해서 죽을 맛입니다. 이렇게라도 해야지 체력을 유지하고 매일 써나갈 원동력이 되니 계속 달리고 있습니다. 그래도 달리기는 마감보다는 재미있는 편이니까 글을 쓰다가 머리에 쥐가 날 것 같으면 신발끈을 묶고 도피하곤 합니다. 피하고 싶은 일에서 즐길 수 없는 일로 넘어가는 셈입니다. 그리고 한 시간을 달리면 10분 정도는 상쾌하고 50분 정도는 제발 눕고 싶다고 생각합니다. 그래서 궁금했습니다. 정직하게 운동하는 분은 매번 비장한 철학을 상기하며 허벅지에 힘을 줄 것만 같았습니다. 아니었군요. 글을 쓰기 위한 추진력을 얻기 위함이었군요. 저 또한 아무 생각 없이 뛰면서 본전이구나 생각하겠습니다.

평소엔 달리기가 귀찮아 죽을 맛이지만 지금은 밖에 나갈 수만 있다면 두 배라도 달리고 싶습니다. 며칠 전 제가 진료한 환자가 뒤늦게 코로나 양성 판정을 받았기 때문이죠. 저는 백신을 맞았지만 혹시 몰라 검사를 받았고 1차 음성이 나왔지만 2차 음성을 받을 때까지 집에 자체적으로 갇혀 있습니다. 문득 화장실로 가서 제 얼굴을 유심히 봅니다. 양쪽에 속쌍꺼풀이 상당히 진하군요. 스무살 무렵에는 분명히 쌍꺼풀이 한쪽에만 있었는데요. 그때 한쪽에만 쌍꺼풀이 있으면 바람둥이라는 말을 백 번쯤 들었던 것 같습니다. 언제 이렇게 되었는지도 모르겠습니다. 작가님도 어느 순간엔가 저처럼 느끼한 눈의 세계에 도달해 있을 것 같습니다. 그땐 손을 움켜잡고 갑자기 쌍꺼풀이 생긴 자들끼리 교감을 해봅시다. 그나저나 거울을 보는 일은 너무 무섭습니다. 작가님, 이번에도 질문합니다. 거울을 볼 때는 무슨 생각을 하시나요. 저는 당장 그만 보고 싶다고 생각합니다.

2021년 5월 25일

이슬아의 친구

NK 드림

NK의 친구 이슬아 작가님께

이
슬
아

×

먼저 느껴해볼 남궁인 선생님께

×

남
궁
인

맞습니다. 남궁인으로 추정되는 작중인물 NK는 "즐길 수 없는 운명이면 피하라"는 명언을 남겼죠. 그러나 저에게 쌍꺼풀은 피할 수 없는 운명으로 다가오고 있어요. 시간의 흐름에 의해 차츰차츰 탄력을 잃으며 얇아지고 두 겹이 될 눈두덩이살의 변화를 '다가올 노화'라고 말해볼까 합니다. 30대가 되기를 기다려왔지만 이글아이를 원했던 건 아니었습니다. 이렇게 피할 수도 즐길 수도 없는 일들이 종종 벌어집니다. 거울을 보면서 무슨 생각을 하냐고 물으셨는데요. 저는 할머니 버전의 저를 자주 상상하는 편입니다. 제 얼굴에 늙음이 어떻게 반영될지 상세하게 그리는 습관이 있습니다. 골똘히 보다보면 엄마와 아빠와 할머니와 할아버지와 동생이 번갈아가며 제 얼굴에 나타나요. 그들과 별개의 존재이면서도 그들 모두를 적당히 닮았다는 게 가끔은 신기합니다.

어떤 날의 제 얼굴은 기품 있는 동양 미인처럼 보이지만 어떤 날은 퀭한 원시인처럼 보입니다. 마감하다가 문득 거울을 볼 때 주로 그렇습니다. 앞머리를 고무줄로 질끈 묶은 채 너덜너덜한 민소매티를 대충 걸치고 있으니까요. 안경을 쓰고 장시간 모니터 앞에 앉아 있을 때면 심술난 오리 같은 얼굴을 하고 있기도 합니다. 그래도 제 생김새를 좋아한 지 꽤 된 것 같습니다. 10대 때는 끔찍하게

　먼저 느껴해본 남궁인 선생님께

싫어했으나 20대부터는 점점 소중히 아끼게 되었어요. 아마 연인들 때문이겠죠. 저는 제가 아름다운 정도를 좋아합니다. 거울 앞에서 괴로울 정도로 못나지는 않지만 그렇다고 세상이 떠들썩할 정도로 아름답지도 않은 만큼의 미를 가지고 있다고 생각합니다. 결점을 찾으려면 얼마든지 찾을 수 있겠으나 적어도 스스로는 그러지 않으려고 합니다. 하지만…… 몇 년 뒤 분명히 쌍꺼풀이 생겨 있을 제 모습을 보면 또 어떨지 모르겠군요. 그제야 선생님께 사과할 수도 있겠습니다. 느끼하다고 놀려서 미안하다고. 선생님께 느끼함이란 피할 수 없는 운명이었음을 이제야 이해한다고.

아시다시피 며칠 전에 이사를 했습니다. 전 재산을 털어서 한 이사입니다. 살림이 얼추 정리된 뒤 초대하겠습니다. 아직은 도배할 곳이 없긴 한데, 언젠가 하게 된다면 선생님께 셀프 도배 노하우를 전수받을게요. 전수만 받고 실제로는 그냥 돈을 들여서 도배 전문가를 부를 것 같지만요. 그건 그렇고 우리 열흘 뒤에 처음으로 함께 영상촬영을 하지요. 그날 뭐 입고 오실 건가요? 미리 말씀해주시면 참고해서 의상을 선택하겠습니다. 선생님보다 너무 멋지지 않도록 주의하면서요.

2021년 6월 4일

옷방을 둘러보며

이슬아 드림

먼저 느껴해본 남궁인 선생님께

남
궁
인

×

언젠가 느끼함의 세계로 진입할
이슬아 작가님께

×

이
슬
아

도배를 하는 방법은 별거 없습니다. 여기에 종이와 풀이 있다고 칩시다. 종이에 풀을 바르면 어딘가에 붙는다는 것은 명징한 이치겠지요. 그걸 온 집 벽에다가 대고 하면 되는 겁니다. 실은 많은 것들이 그렇게 단순합니다. 달리기를 하는 방법은 몸을 약간 빠르고 급하게 앞으로 옮기는 일을 목적지까지 하는 것이겠고, 글을 쓰는 방법 또한 첫 문장을 쓰고 글을 이어나가 마지막 문장을 써서 마무리하는 것이겠지요. 요가를 하는 방법 또한 다른 도구가 필요하지 않으니 몸을 쥐어틀고…… 등등이겠지만 안 해봐서 모릅니다. 그래서 저는 세상일이 해본 일과 안 해본 일로 구분되어 있다고 생각합니다. 설명을 듣는 것과 실제로 해보는 것은 너무나 큰 차이가 있으니까요. 하여간 도배는 전문가를 불러서 하시길 바랍니다. 그 일이 힘들다는 것을 알기 위해 꼭 직접 해볼 필요는 없다는 선지자의 충고입니다. 그러고 보니 세상일은 꼭 직접 해봐야 할 일과 반드시 직접 하지 않아도 되는 일로도 구분되는 것 같습니다.

거울을 보며 나이가 든 자신을 생각한다니 놀랍습니다. 정면으로 자신의 여러 가지 모습을 바라보고 상상한다는 것은 커다란 용기가 아닐까 생각합니다. 저는 거울을 보고 있으면 '이것에 대해서 더 생각하기 싫구나' 정도

언젠가 느끼함의 세계로 진입할 이슬아 작가님께

의 사유만을 할 수 있으니까요. 제가 초반에 '조선 힙스터'를 언급했지요. 작가님의 마스크 안에 있는 '기품 있는 동양 미인'과 일맥상통합니다. 또 언젠가 집에 가는데 우연히 한 공연장에서 작가님의 동생 이찬희군의 밴드 '차세대' 공연이 시작하더군요. 세상에 어쩜 그렇게 닮았습니까. 한 시간 동안 넋을 놓고 보면서 세상의 닮은 존재들은 경탄과 아름다운 감정을 불러일으킨다는 사실을 알았습니다. 충분히 거울을 보며 가족의 존재를 상기할 만하십니다. 무엇보다도, 작가님은 눈과 코와 입의 구성과는 별개로 자신감이 넘쳐 보입니다. 저는 평생 들어본 적이 없는 말입니다. 아마 정면으로 자신의 모습을 바라볼 수 있는 사람이자, 내면이 강하고 주변 사람들의 사랑을 받는 사람이기 때문이기도 할 것입니다. 작가님이 연인들로 인해 자신의 생김새를 좋아하게 되었다는 고백을 들으니, 저는 진심으로 마음이 넉넉해집니다. 작가님이 사랑받는 장면이니까요. 친절하고 빛나고 조만간 눈두덩에 쌍꺼풀도 생길 작가님이 앞으로도 무한히 사랑받으면 좋겠습니다. 조금 느끼해지더라도요.

솔직히 말미에 '전 재산'을 언급해서 놀랐습니다. '전 재산을 털었다'는 말은 왠지 한 개인의 절박한 마지막을 보여주는 어감 아닙니까. 그렇게 들으니 작가님의 '전 재산'을 얼른 구경하러 가보고 싶습니다. 아, 이것이 가녀장님이 필사적으로 마련한 '전 재산'이로군 하면서요. 그전에 우리는 촬영을 해야 합니다. 무슨 옷을 입을지는 전혀 생각하지 않았습니다. 지금까지의 패턴으로 보건대 당일 한 시간 전에 손에 잡히는 옷을 입겠지요. 옷을 신경써서 입는 일은 너무나 괴롭습니다. 그런데 굳이 물어보셨으니, 저번에 맞춘 정장을 입고 가는 편이 좋을 것 같습니다. 프로필 사진은 괴팍한 과학자처럼 찍었으니 후속 촬영은 정중하게 보이고 싶습니다. 문득 작가님의 옷차림을 떠올리면 구체적이지는 않아도 '자유롭다'는 느낌만은 분명히 연상됩니다. 작가님에게 옷을 챙겨입는 행위란 어떤 의미인지, 혹여나 자신감이나 용기를 주는 일과 연결되어 있는지 묻고 싶습니다. 제게 패션이란 효율적으로 상체와 하체를 가려주는 의미일 뿐이니까요. 하여간 저보다 '너무' 멋지지 않도록 주의해주세요. 힘 조절을 하지 않으시면 저는 그냥 보이지 않는 사람이 될지도 모릅니다.

2021년 6월 10일
야매 도배 전문가
남궁인 드림

언젠가 느끼함의 세계로 진입할 이슬아 작가님께 ───

이
슬
아

×

며칠 전에 만난 남궁인 선생님께

×

남
궁
인

제가 가장 자주 입는 옷은 청바지와 민소매 티셔츠지만 옷장에는 그보다 더 굉장한 옷들이, 그러니까 전혀 무난하지 않은 옷들이 넉넉히 준비되어 있습니다. 이런 걸 도대체 언제 입나 싶은 그런 옷들을 가끔 입곤 합니다. 그렇게 입으면…… 기분이 좋거든요. 물론 촬영날 아침엔 선생님이 주의해주신 대로 힘 조절을 하고 집을 나섰습니다. 그 결과 우리는 비슷한 정도로 멋을 부린 사람들이 될 수 있었는데요. 우리의 의상이 촬영장소에 비해 조금 지나치게 격식을 차린 느낌이라 살짝 부끄러웠습니다. 어쩐지 지쳐 보이셨던 촬영팀분들 앞에서 저희 둘만 너무 오두방정을 떤 것 같기도 했습니다. 어쨌거나 즐거운 촬영이었어요. 선생님의 능숙한 중국어 실력을 구경하는 재미도 있었습니다. 『만약은 없다』가 중국어판으로도 출간된다면서요. 경사로군요. 축하드립니다. 저희 책의 출간도 성큼 다가왔습니다. 중요한 시기인 만큼 행실을 조심하시라고 제가 말씀드렸지요. 하지만 가끔 저는 행실 따위 집어치워버리고 싶습니다. 정말이지 되는대로 아무렇게나 살고 싶을 때가 있어요. 그러기엔 너무 늦었거나 너무 이르다는 생각이 듭니다.

문란하게 살고 싶다고 생각만 하면서 사실 대부분 집에 있습니다. 오늘은 서재에서 한참 동안 바깥 소리를 들

며칠 전에 만난 남궁인 선생님께

었죠. 체육 시간 운동장을 가득 메운 청소년들의 소리. 지팡이를 짚고 느릿느릿 산책하는 노인의 걸음 소리. 목탁 소리…… 창문을 열면 들려오는 소리입니다. 중학교와 요양원과 절 사이에 저희 집이 있다는 얘기죠. 이곳은 조금 산 사람과 오래 산 사람과 사람보다 오래 남은 신들이 한데 모인 동네입니다. 집 바로 앞에는 거대한 부처님 석상이 있어요. 날마다 저를 굽어살피시는 듯한 모습으로서 계십니다. 집을 보러 왔던 날에 그 부처님과 아이컨택을 해보았는데요. 너무나 훌륭한 분이신 것 같아서 계약을 결정했습니다. 그렇게 전 재산을 털게 되었죠. 선지자와 매일 마주칠 수 있는 집이니까요. 선지자께서는 이렇게 말씀하시는 듯합니다. '어디든 다녀오너라.' 그렇게 얻은 용기로 원하는 옷을 입고 원하는 사람을 만나러 갈 수 있을 것 같습니다. 어떤 하루를 보내든 다시 이곳으로 돌아오면 되니까요. 남궁인 선생님의 집 앞엔 용기를 주는 거대한 부처님 석상 같은 건 아마도 없겠지요. 대신 제가 작은 용기를 드리겠습니다. 선생님은 남색 셔츠를 입을 때 너무나 멋지십니다. 덥지도 춥지도 않은 계절이에요. 이 좋은 계절에 종종 멋을 부리는 미중년으로서 외출하시기를 바랍니다. 주말에 조기축구만 하지 마시고 데이트도 하고 그러시면 좋겠습니다.

2021년 6월 18일

아무리 바빠도 데이트는 챙기는

이슬아 드림

며칠 전에 만난 남궁인 선생님께

남
궁
인

)

×

|

귀인 이슬아 작가님께

|

×

(

이
슬
아

정리하자면, 전 재산을 털어 선지자가 굽어보는 주거 공간에 투자하셨네요. 직감적으로 어마어마하게 현명한 조합 같습니다. 그나저나 누군가 우리의 주거지를 연상한다면, 핫플레이스에 사는 이슬아와 부처님 석상 앞에 사는 남궁인을 떠올리는 일이 그 반대보다 더 쉬울 텐데요. 저는 해방촌 번화가 한복판에 6년 넘게 살고 있습니다. 덕분에 '어디든 다녀오너라'라는 덕담은 이곳에 존재하지 않습니다. 일단 행인의 절반은 외국계인지이라 그들의 말을 알아듣기 어렵습니다. 길에는 구한말 유행했을 것 같은 재킷을 멋들어지게 소화하는 패션 피플이 활보하지만, 저를 알아보는 이웃은 〈세계테마기행〉에 출연했다고 반가워하는 세탁소 사장님과 술을 많이 구매한다는 이유로 반가워하는 리큐어숍 사장님밖에 없습니다. 밤중에 창문을 열고 가만히 귀기울이면, 술에 취해서 마주한 사람에게 강력하게 자신의 목소리를 전달하겠다는 열망으로 와글거리는 대화뿐입니다. 저는 문란해질 용기는 없고 남들의 문란함이라도 엿볼까 이사왔지만 결국 창문을 닫아놓고 집에서만 생활하고 있습니다. 그들 대신 어디든 떠날 용기를 주셔서 너무나 감사합니다. 제게는 작가님이 부처님 못지않은 귀인입니다. 그리고 문란하게 살기에는 너무 늦었거나 너무 이르다니, 절묘한 표현입니다. 저는 그냥 늦었으니까요. 부디 너무 이르다는 자각 없이 마음껏 존재를 뽐내는 굉장한 옷을 입고 원하는 사람을 만나러 나갈 수 있기를 바랍니다.

며칠 전에는 너무나 반가웠습니다. 이제서야 남색 셔츠라는 단서를 주시는 바람에 저는 남색이라고는 한 톨 묻지 않은 옷을 입고 나섰는데요. 촬영 이후 당직근무가 기다리고 있었음에도 기운이 펄펄 넘쳐 작가님과 짝짜꿍 오두방정을 떨었습니다. 마주보고 앉아 서로에게 질문을 던지는 시간이었지요. 우리는 사실 사석에서도 눈을 바라보고 앉을 일이 드물었습니다. 나란히 앉거나 시선을 비껴서 대화를 나눠왔지요. 하지만 촬영만은 같은 높이에서 서로를 바라보고 앉았습니다. 1년이 넘는 시간 동안 우리는 너무나 많은 언어를 주고받았지만 그 언어의 대부분은 하얗고 검은 문서였기에, 막상 작가님의 얼굴은 조금 생경했습니다. 그래서 조금 뻔히 미지의 기대감과 약간의 긴장과 설렘, 생생한 자신감까지 담은 얼굴을 보고 있자 뭐랄까, 마음이 달뜨는 것 같았습니다. 과연 이 눈빛이야말로 상대방에게 무슨 얘기든 말하고 또 듣고 싶게 만드는 존귀함이구나 생각했습니다. 그날 작가님은 참으로 빛났습니다. 기세를 몰아 우리는 이슬아×남궁인 브랜드의 선전을 위해 결의를 다졌지요. 이어서 저는 『만약은 없다』의 중국 독자들을 위해 인사말을 녹화했습니다. 한국인을 모아놓고 큰 소리로 중국어를 하는 일은 예능에서 벌칙을 수행하는 기분이었습니다. 하지만 중국 인민은 수가 많고 혹시나 잘되면 제가 더 맛있는 밥을 살지도 모르지 않습니까. 참아주셔서 감사합니다. 책이 세상으로 나오게 되면 우리는 여러모로 또다른 막을 넘어가는 것이겠지요. 이제 주거지까지 확립한 작가님이 가장 먼저 하고 싶은 것은 무엇일까요. 저는 '마감'이 없는 자유로운 원고를 쓰고 싶습니다. 어떤 제약도 받지 않은 원고를 써나갈 때 저는 가장 행복합니다. 그러면 집안에만 있던 우리는 잠시 각자의 거처에서 나와 세상에 인사하고 다시 돌아올 것입니다. 다리를 묶지 않아도 걸음만은 함께 디뎠으면 합니다.

2021년 6월 20일
언제나 행실을 올곧게 할 것을 다짐하며
남궁인 드림

이
슬
아

×

생각하면 울컥거리는 남궁인 선생님께

×

남
궁
인

마지막 쪽지를 보내야 하는 아침입니다. 특별히 좋은 것을 드리고 싶은 마음에 가장 아끼는 서간집을 오랜만에 펼쳐보았습니다. 제목은 '친애하는 미스터 최'. 사노 요코와 최정호가 40년간 주고받은 편지를 모은 책이에요. 마지막 장에는 시 한 편이 별첨되어 있어요. 제가 몹시 사랑하는 세 줄의 문장이 포함된 시인데요. 지난 1년 내내 가장 중요한 동료였던, 친애하는 미스터 남궁에게 그 세 줄을 바칩니다.

　　'그대 남들과 얼마나 다르리오.'
　　그 얼마나는 때론 제로. 그리고 종종 무한대
　　우리들은 언제나 웃으며 그 거리를 여행한다.[*]

　　무한대만큼 멀거나 제로만큼 가까운 우리 사이를 웃으며 거닐어주셔서 고맙습니다. 선생님과의 여행 정말이지 피곤하고 즐거웠습니다. 여전히 선생님을 생각하면 울렁거립니다. 처음보다 더한 울렁거림입니다. 저도 모르게 생긴 애잔함 때문인 것 같습니다. 잘나가는 의사 양반을

---

[*] 사노 요코·최정호, 『친애하는 미스터 최』, 요시카와 나기 옮김, 남해의봄날, 2019.

어느새 애잔해하게 되다니 시간이란 참으로 이상합니다. 함께 책을 쓰며 보내는 시간은 특히 곤란하고 짠합니다. 선생님께 마지막 편지를 보낸 뒤 제일 먼저 하고 싶은 일은 다음 책의 첫 문장을 적는 일이에요. 이 책에 갇히지 않기 위해 사노 요코처럼 다작하려 합니다. 선생님도 남궁인 생가에서 정진하시겠지요. 이슬아 생가에 놀러오시면 수박을 썰어드리겠습니다. 자세한 이야기는 만나서 하도록 합시다.

2021년 6월 24일
아직도 자세한 이야기가 남아 있는
이슬아 드림

이슬아 생가에 놀러오시면

수박을 썰어드리겠습니다.

자세한 이야기는 만나서 하도록 합시다.

남
궁
인

×

미지의 이슬아 작가님께

×

이
슬
아

스물네 시간의 근무를 마치고 생가로 돌아와 마지막 쪽지를 쓰고 있습니다. 어제도 수많은 사람들과 마주했지만, 모두와 기약 없이 작별하고 이 안온한 공간에서 쏟아지는 빗줄기를 보고 있습니다. 하루 동안의 일이었지만 마치 사흘처럼 느껴집니다. 아침에 심정지로 발견되었던 분은 다른 세상으로 떠나셨고 일곱 분은 중환자실에 남아 있습니다. 그 외에 열거하기도 힘든 많은 사건이 있었습니다. 깊이 잠들었다 눈을 뜨니 벌써 아련합니다. 얼마나 많은 마지막과 다시 시작되는 처음이 제게 남아 있을까요. 저 또한 헌사를 위해 제가 학창 시절 마음속에 지녔던 유희경의 시 두 줄을 바칩니다.

티셔츠에 목을 넣을 때 생각한다
이 안은 비좁고 나는 당신을 모른다*

티셔츠 안의 비좁은 공간만큼 저는 당신들을 모릅니다. 혼자 지내는 집에서 외출하기 위해 머리부터 티셔츠를 뒤집어쓰는 순간마다 우리는 우리가 만날 미지를 되새

---

* 유희경, 「티셔츠에 목을 넣을 때 생각한다」 중에서, 『오늘 아침 단어』, 문학과지성사, 2011.

미지의 이슬아 작가님께 ———

겨야 하는지도 모릅니다. 그 안에는 다른 몸, 다른 세계, 그리고 한 우주가 들어있습니다. 어제도 저는 수많은 우주와 조우했으나 그들을 알지 못한 채 작별하고 말았습니다. 무수한 우주와 마지막은 영원히 반복되고 우리는 마지막까지 홀로 외롭게 항해할 것입니다. 그 쓸쓸한 싸움에서 1년의 시간 동안 작가님이라는 우주를 헐어볼 수 있어서 행복했습니다. 아마도 우주와 우주 사이의 간극 또한 새로운 우주일 것입니다. 빛나는 한 우주가 제게 조금 가까워져서 그동안 외롭지 않았습니다. 가장 친절하고 진솔한 우주를 알게 되어 행운이었습니다. 그러니까 우리는, 모든 것이 아련해질지라도, 아득한 거리에서 빛을 뿜으며 서로에게.

2021년 6월 28일
새로운 사람
남궁인 드림

그러니까 우리는,

모든 것이 아련해질지라도,

아득한 거리에서 빛을 뿜으며

서로에게.

에필로그

인터넷에 연재되는 문학웹진은 많은 사람들이 보지 않는다는 편견이 있었다. 그래서 조금 가벼운 마음으로 시작했던 것도 같다. 그러나 한동안 누군가를 만날 때면 직업을 불문하고 모두가 "그…… 이슬아 작가하고 쓰는 편지"를 잘 보고 있다고 말문을 열었다. 지난주에는 출근 하니 과중한 업무에 시달리는 1년 차 레지던트가 다음 편 지는 어떤 내용이냐고 물었다. 어제는 인터뷰가 있어 집 에 각기 소속이 다른 인터뷰 기자, 사진작가, 에디터 세 분 이 왔다. 내가 전날 이슬아 작가님과 술을 마셨다고 했더 니, 안 그래도 '우.사..오.'를 너무 재미있게 보았다고 세 분이 동시에 대답했다. 이것이 웹진의 힘인지 편지의 힘인지 아니면 이슬아 작가의 힘인지 혼란스러웠다. 그래서 나는 왠지 이슬아 작가님의 편지만 읽고 내 편지는 건너 뛰지 않았냐는 농담을 하려다가 참았다. 이러다가 또 혼 난다고.

'우리 사이엔 오해가 있다'라는 제목 또한 대수롭지 않게 생각했다. 나는 제목을 짓는 일에 너무나 서투르기 때문에 편집자와 이슬아 작가님의 논의에서 나온 의견에 모조리 '찬성'으로 한 표를 던졌다. 어차피 내가 짓는 것 보다 나을 것이기 때문이었다. 제목을 받아들고 나는 우 리 사이의 오해를 적당히 털어놓고 약점도 고백한 다음 종국으로 향해갈수록 이산가족 상봉하는 것처럼 대화합 이 펼쳐지는 결말을 구상했다. 하지만 웬걸. 그건 내 생각 이었고 서간문은 혼자 쓰는 것이 아니었다. 결정적으로 우리 사이엔 정말로 태평양같이 너른 오해의 바다가 있 었다. 결국 이 서간문은 마지막 편지까지 "오해는 흔하고 이해는 희귀하다"라는 명문장을 낳았다. 대화합으로 연 재를 마쳤는지조차 둘 사이에서도 의견이 분분하다. '우 리 사이엔 오해가 있다'는 임시로 지은 제목이며, 출간시 에 제목을 다시 정하기로 했었다. 하지만 결국 바뀌지 않 았다. 우리 사이에 오해가 있었다는 사실은 이제 너무 유명하다.

　열 달 동안 이슬아의 세계에서 살았다. 편지를 가장 먼저 받아 가장 많이 반복해서 읽었다. 쓰기 위해서는 곱절의 생각하는 시간이 필요하다. 연재 내내 답을 구상하며 보낸 셈이다. 처음에는 편지가 반가웠고 나중에는 조마조마했다. 갑자기 전화를 걸어 외치고 싶기도 했다. "그렇게 꾸짖으면 한 주간 너무 힘들다고!" 하지만 산더미 같은 마감을 쌓아두고도 서간문에 먼저 손이 갔다. 정신을 차려보면 엄청난 분량을 써놓고 있었다. 자신의 치졸함을 고백하는 글쓰기는 얼마나 즐거운지 모른다. 자애롭고 준엄한 수신자가 있다면 더더욱.

　그럼에도 사람의 본성은 부단히 노력하지 않는 한 자신의 자리로 되돌아간다는 사실을 배웠다. 그 편이 더 쉬운 길이기 때문일 것이다. 글쓰기야말로 자신의 본성을 비추는 노동의 산물이라고 믿는다. 둘은 같은 시작점에서 출발해 서간을 쓰는 노동을 하면서 필연적으로 다른 방향으로 나아갔을 것이다. 그것이 한 명은 상대방을 바라보는 것이었고, 다른 한 명은 눈을 내리깔고 발밑을 더듬는 것이었을지도 모른다. 나는 조금 더 편한 자세로 글을 쓰

남궁인의 말 ─────

는 자신을 발견했다. 그리고 마지막까지 배운 점이 많았다. 진정한 우정과 애정을 나누어준 이슬아 작가에게 너무나 감사하다. 그 희귀하다는 이해를 앞으로도 같이 찾아볼 것을 제안한다.

이
슬
아
의

말

　남궁인식 인사법에 관해 생각하고 있다. 편지 바깥에
서 그는 좀 이상한 방식으로 인사를 하기 때문이다. 우리
가 어딘가에서 만나기로 한다. 조신한 걸음으로 그가 약
속장소에 나타난다. 점점 가까워져오는 그의 모습은 훤
칠하고 멀끔하다. 내가 시원시원하게 "안녕하세요!"라
고 하면 선생님은 예의 그 상냥하고 자분자분한 말투로
"안녕하세요~"라고 대답한다. 생소한 동작을 하는 건 바
로 이때인데, 그는 양손을 자신의 옆구리 높이까지만 살
짝 올리고는 '부르르' 떨듯이 흔든다. 레몬을 생으로 입에
넣었을 때처럼, 그래서 순간적으로 어깨가 들썩여질 때처
럼, 몹시 시다는 듯한 얼굴로 그렇게 한다. 특수문자로 표

현하자면 '(>_<;;)' 이것에 가장 가까운 얼굴이다. 처음에는 뭘 잘못 드신 것 같다고 생각했다. 격한 반가움의 표시라는 것을 알게 된 건 두번째 만남부터다. 도대체 얼마나 반가우면 그렇게 인사를 할까. 요즘엔 그를 만나면 나도 따라해본다. 양손을 옆구리 높이까지만 올리고 부르르 떨며 인사를 한다. 그리고 신맛의 반가움에 관해 생각한다. 살짝 괴롭고 짜릿하고 너무 좋은, 그래서 눈을 질끈 감게 되는 그런 반가움은 정말 흔치 않다.

신맛의 반가움 속에서 편지를 주고받았다. 남궁인 선생님이 얼마나 허술한지, 얼마나 잘 너덜너덜해지는지, 얼마나 잘 사과하는지, 얼마나 잘 고백하는지, 그리고 얼마나 따뜻한지 실감하는 열 달이었다. 우정과 배신, 걱정과 구박, 조롱과 위로를 넘나드는 편지 교환이었다. 지금까지 해본 연재 중 가장 수월하고 즐거웠다. 한편으로는 서간문의 자아가 우리가 할 수 있는 수많은 역할극 중 하나일 뿐이라고 생각한다. 편지의 어느 대목은 스턴트맨 두 명이 합을 맞춰 찍는 액션 신과 비슷하다고 느꼈다. 서로가 진짜로 부상을 입지는 않도록 심혈을 기울이면서 함께 만든 과격한 장면들을 기억한다. 나는 다른 지면에선 시도해본 적 없는 자세로 상대를 엎어치거나 메치고 싶었다. 남궁인 선생님 역시 낯선 자세로 한 바퀴 구르거나 자빠져보고 싶었을지 모른다. 글쓰기는 변화에 관한 예술이며 대부분의 작가들은 이전과 다른 자신이 되고 싶어하기 때문이다. 우리 둘 다 이 편지에서 처음 들켜버린 표정이 있을 것이다. 남궁인 선생님이 아니었다면 나의 위악적인 얼굴은 훨씬 더 훗날에 드러났을 거라고 짐작한다. 내가 짓궂게 굴 수 있는 공간을 편지 안팎으로 넉넉히 내어준 그에게 고맙다. 그가 품이 넓은 사람이기 때문에, 그리고 나를 반가워해주는 사람이기 때문에 가능했던 일이다.

이제 나와 남궁인 선생님께 남은 일은 이 편지들로부터 멀리 떠나는 일이다. 언젠가 이 모든 게 남이 쓴 글처럼 느껴질 때까지 함께 새로워지면 좋겠다. 미래에도 계속될 우리 사이의 오해를 두려워하지 않으려 한다. 질문하고 듣고 대답하고 되물을 수만 있다면, 그럼으로써 달라질 수만 있다면 오해는 아주 사소한 어려움일 테니 말이다. 남궁인 선생님과 우정의 새 국면을 맞이하게 되어 기쁘다. 그를 만날 때마다 양손을 부르르 떨며 반가워할 것이다.

이슬아의 말

우리 사이엔 오해가 있다
© 이슬아 남궁인 2021

1판 1쇄 2021년 7월 12일
1판 4쇄 2021년 7월 26일

지은이 이슬아 남궁인

기획·책임편집 이연실 | 편집 이자영 정현경
디자인 최윤미 최미영 | 손글씨 이슬아 남궁인
마케팅 정민호 양서연 박지영 안남영
홍보 김희숙 함유지 김현지 이소정 이미희 박지원
제작 강신은 김동욱 임현식 | 제작처 영신사

펴낸곳 (주)문학동네 | 펴낸이 염현숙
출판등록 1993년 10월 22일 제406-2003-000045호
주소 10881 경기도 파주시 회동길 210
전자우편 editor@munhak.com
대표전화 031) 955-8888 | 팩스 031) 955-8855
문의전화 031) 955-2655(마케팅) 031) 955-2651(편집)
문학동네카페 http://cafe.naver.com/mhdn | 트위터 @munhakdongne
북클럽문학동네 http://bookclubmunhak.com

ISBN 978-89-546-8102-5 04810
      978-89-546-8096-7 (세트)

www.munhak.com